緑と楯
ハイスクール・デイズ

雪舟えま

集英社文庫

緑と楯

ハイスクール・デイズ

校舎二階の渡り廊下でモップを押しながら歩いていると、生徒をしたの名前で呼ぶ主義の担任に、「緑《みどり》」と声をかけられた。

眼鏡をおさえてふり向くと、近づいてきて「頼みがあるんだわ」と調子のいい笑顔でいう。

「はあ」

「きょうこれから用事ある？」というその手もとを見ると、さっきの英語の授業で集めた、担任お手製ワークブックの束がある。

「とくに……」

「じゃあひとつ頼まれてよ──楯《たて》がもう十日休んでるだろ？」

そこまで聞けば内容はわかった。

「お母さんの話だと週明けには出てこられそうなんだけど。さいきんの授業のこととか、ちょっと教えにいってやって」

やっぱ用事あるっていおうかな、と思いながら、モップを上下にカシャカシャ振ってごみを落とす。担任の靴のうえにほこりが舞った。

「そこにいるとかかるけど」

「ねえ、たよりにしてるよ委員長」

「関係ない」

「おまえいじょうに適任なのいるか？」

「関わりたくない」

担任は目を丸くしていう。「なんだ、けんかしてるのか」

おれがそんなことするように見えるんだろうか。

「あいつ女子のほうが仲いいでしょ」

担任はまあねと笑いつつ、「そういうなよ。帰りおそくなるかもしれん」

ワークブックのいちばんうえの、花柄のテープでとじられた一冊をつき出し「緑のだけもう採点しておいたから。きょうのところとくに大事だから教えてやって」という。

「水ぼうそうって、もういいの？」

「人にうつす段階はすぎたそうだ。おまえはやってるな？」

「いちおう」

「ビュンっていってやってよ。あ、ビュンって、くれぐれも安全運転で」

未来浅草《みらいあさくさ》高校の校門を出て、通学路をバイクで走る。

二〇五五年、いまは十月も終わり。ニットの手ぶくろだと走りだして五分で指先の感覚がにぶくなり、バイク用の冬グローブを出さねばと思いつつ、とちゅうでホットレモンのブロックを買って指を温める。たしかこのへんで曲がるはず、と、端末にこのあたりの地図を出す。

「馬め」

いまいましくつぶやく自分の息からレモン香料の匂いがする。馬というのは馬面《うまづら》な担任のあだ名である。卒業まで関わりたくなかった人間のひとりが、というか筆頭が荻原《おぎはら》楯で、これまでうまいこと接点なく生きてこられたのに。三年のこの時期になって、あいつの家へいくだって？

さっさとすませて帰ろう。てっぺんに金色の巨大雲形オブジェがのっている、「觔斗《きんと》雲《うん》ビル」の前を通り、そこから五分ほどで住所の家につく。「荻原林業」という看板のしたで、セーターにデニム、サンダルばきのおばさんがはき掃除をしていた。落ち葉が玄関前にたまっている。

「こんにちは」

ヘルメットを脱ぎ、三年一組の兼古《かねこ》ですと名乗る。担任に頼まれて授業のことを伝えにきたといった。わざわざありがとう、と顔をほころばせたおばさんは「楯の母です～」

と名乗った。かなり美人なんだろうけど、小柄で髪型がポニーテールなせいか、綺麗《きれい》というより可愛《かわい》い雰囲気の人だった。荻原は母親似らしい。

「先生からお電話もらって、お待ちしてました。バイク寒かったでしょう」

おばさんはほうきを倉庫の入口にひっかける。高い天井の倉庫には木材が積まれ、木目のきれいな一枚板が飾られるように壁にならんでいた。

「兼古くんきてくれたよー」

玄関の引き戸をからからとあけながら、おばさんは歌うようなふしをつけていう。

「たーてー、たーてー起きてるーウー」

すこしして、の、の、の、と階段を降りてくる音がして、しょうゆ色の半纏《はんてん》を着た荻原があらわれた。

「すごい顔でしょ」

おばさんは荻原のかさぶただらけの顔を指して、おもしろそうにいった。

「大丈夫なの……」と、おれ。

「うん」荻原は寝ぐせのはげしい頭でうなずく。

「ねー、この人ったらこの年で水ぼうそうやるんだもん。いとこの子どもと遊んだらうつっちゃったの」

部屋に入ると、着ぶくれて動作のにぶい荻原が折りたたみテーブルを出そうとするので手伝う。向かいあって座ぶとんに座る。

おれは鞄《かばん》から学校用の端末を出し、担任にもたされた小テストのプリントやなんかを渡す。

「俺、何日休んでるんだっけ」と、荻原。

「十日」と、おれ。

「そんなに。すすんだんだろうね、いろいろ」

「たいしたことない」おれはペンタイプの学校用端末を握り、「ヘパイストトス」と呼んで起こす。すうっと巻物のようにウィンドウがひろがって、荻原に伝えるよう、教えるよう頼まれている内容が表示される。

「しぶいなヘパイストス」

「おまえの名前なに」

と、たずねると、荻原は十二けたの英数字をいった。

「なにそれ？」

「工場出荷時のまま」

「え、名前つけてないの」

荻原はあくびをかみころす表情でいう。「べつにいいかなと……」

端末をもらうと、みんなはしゃいで自分のすきな名前をつけるものなのに。ヘパイストスなんて名づけた自分が幼いといわれたような気がしてくる。

「やって」おれは未来日本国史の小テストを渡す。「十五分で」

彼はプリントをたぐりよせて解きはじめる。おれは部屋を観察する。

シールがべたべた貼ってある二段ベッドにまず目がいく。シールがまた、妖怪封じのお札みたいな気味のわるいのがおおい。上段はベッドとしては使ってないのか、物おきになっているようだ。紙の漫画本が詰まった本棚と、壁に作りつけの棚には地球儀と月球儀、工具箱、ヒーローのフィギュア。机の横には筒の太い天体望遠鏡がある。

おれは思わずいう。「ササヅカのいいやつだ」

ササヅカ製作所は、天体ファンあこがれの老舗望遠鏡メーカーだ。けっこう古いタイプみたいだが、ここで見ることになるとは思わなかった。

「なに見るの」と、おれ。

「ふるさとの星」

と、うつむいてプリントを解きながら荻原は答えたが、冗談なのかなんなのか。

「ふるさとって?」と、きこうとしたとき、ドアがノックされておばさんが入ってくるかと思いきや、おない年くらいに見える男がぬっと顔を出した。

そいつはケーキとお茶セットの盆を床におき、いう。

「楯これ……」

「おいといて」と荻原はいい、おれに「弟の剣《けん》」と紹介する。そして弟に向かっておれを指し、「こちら逸材。兼古くん」といった。

「兄がお世話になってます」

くせ毛なのか、波うった長めの髪をゆらして頭をさげる弟。荻原を野生の環境で育てたような、ちょっときつめの顔立ちをしている。

弟は目を輝かせていう。「あのしゃれたマシーン兼古さんの？」

「そう」

「かっこいい、鳥居《とりい》工場。あれで通学してんすか」

鳥居工場というのはおれのバイクのメーカーだ。

「うん」

「えー、いいんだ」

「よくないけど、いい」

校則で登下校時に乗るのがゆるされているバイクは原付なんだが、おれのは中型だ。事情があって、乗ると決めて乗っている。話すと長すぎるのでそういった。

「それでなんにもいわれないんすか」

もちろん教師たちにはいろいろいわれたが、しつこくつづけていたらあきらめたのか放っておかれるようになった、というのを略していう——「いわれない」

「あんな目立つの乗ってたら、傷つけられたり盗まれたりしそう」と、弟。

「保険かけてるから」と、おれ。

荻原は小テストをしながらいう。「兼古だけだよね、職員駐車場にとめてもいいなんて」

「職員用じゃない、出入りの業者用」おれは修正する。「あと、とめていいわけじゃなくて小言はいわれる」

いいなあすげえなあといいながら弟は去った。

「弟でけえ、何歳」

「中三」

「あれで」

「俺を抜かしたってよろこんでる」

「張りあうタイプか」

どうもそうらしく、荻原は苦笑してうなずく。

「おまえ何センチ」と、おれ。

「百六十八だった、春の身体検査で」と、彼。

「おれも百六十八。体重は？」

「五十三かな。さいきん量ってないけど」

「おれも五十三だ。まねすんな」

「ハハハ」荻原はプリントの向きをくるりと変えていう。「終わった」

採点してみると目立ったまちがいがなく、きょうは教えるつもりできていたのに肩すかしをくう。

「さて、食べるか」

といって、荻原が紅茶をそそぎわける。ショートケーキを食べはじめると、話題が思い浮かばなくてもくもくと食べてしまう。

「…………」

「…………」

「兼古ありがとうね」

皿から顔をあげると、荻原がおれを見ていた。顔いちめんに紅梅のようなかさぶたが散るなかで、ほおから鼻をまたいで反対のほおに、たどるとM字のように見えるひときわ大きいものがあり――。

おれはつぶやく。

「カシオペア」

「え？」

「かさぶたが星座っぽい」

荻原は鏡をとってのぞきこみ「ほんとだ」と笑った。そしてついでのように、寝ぐせ頭に指をつっこんで手ぐしで整えた。整えたといっても、もとがゆるいくせ毛でフワフワ、あっちこっちに髪がぴょんぴょんしている。

「馬がどうしてもいけっていうからきたけど」と、おれ。

ほんとはあいつやあいつが来たほうがよかったのでは、と、荻原がよく話しているのを見かける女子たちの名前を出してみた。

荻原はつぎの小テストプリントに取りかかりながら、首を小さくふっていう。

「いやいや……兼古でうれしいよ。ほとんど話したことなかったから」

「お世辞?」

「なんでお世辞」彼は小さく噴きだす。

荻原にはクラスの内外、学年も超えて多数のファンがいる。もしかしたらこいつの部屋でふたりきりになるのなんて、あの連中からしたらすごいことなのかもしれん。

彼は入学時から容貌のよさで目立っており、他人に興味のないおれでさえ、一年のときからその存在は知っていた。二年でおなじクラスになって、荻原とおれは前後の席で一学期をすごした。

まずおどろいたのが、休み時間になると彼の席には入れ代わり立ちかわり女子があらわれること。同性の友人もおおく、彼のことが大すきでたまらないらしい野郎どものコロニーが、彼を中心に日に何度も形成される。トイレにいくのも教室移動も集団で歩いている。それまで女子とろくに会話もしたことがなく、友人がおらずつねに単独行動なおれにとっては異次元めいた光景が毎日展開されていた。荻原のそばにいると劣等感が刺激されてどうしようもなく、一日もはやく彼から離れたくて、二学期の席替えでそれが叶《かな》ったときの解放感ったらなかった。二年から三年へはクラス替えがなく、そのままもちあがり。つまりおれとこいつは二年の一学期だけ、配付物をまわすときや落とした消しゴムを拾ったりなんていうとき、目があったり短く言葉をかわしたくらいの関係だった――だったのに！

まあいい。この能天気アイドル野郎のそばにいるのもいまだけの話。

紅茶の二杯めは自分でそそいで飲み、テーブルにほおづえをついてちらちらと漫画の本棚を見ていると、荻原が「読んでいいよ、なんでも」といった。

「おすすめは」

「『パパはママ洗い係』」

いわれた本を手にとってみる。色白でおっぱいのでかい「ママ」と、妻を溺愛するイノシシみたいに毛深い「パパ」の日常を、ロボットみたいな息子「ぼく」の立場から描いたギャグ漫画だった。裸エプロンでパンツをはかないママはラリッた目をしていて、こわれた発言を連発する。シュールでおかしくて毎ページ笑ってしまう。

一巻を読みおえ、二巻をひろげる。そのとき、ゴッ、というにぶい音が部屋に響いて、ふり向くと荻原がテーブルにつっ伏していた。

「え？」

そうだ、あれだ。荻原についてはおどろいたことがもうひとつあった——こいつ、貧血なのか校内で時どき失神している。体育祭でも入場行進のときグラウンドに顔から倒れて保健室に運ばれていた。

「……おい？」

声をかけてみる。荻原はテーブルに伏せたままぴくりともせず。

これはおもしろいことになったかもしれない。去年の夏休みに教養として市民救命士の資格をとったものの、そのご応急処置の必要な人に出くわすことがなかった。

「荻原」

こんどは肩をゆすって呼びかけてみる。反応はない。口もとに耳を近づける。呼吸はある。よし、回復体位で気道確保だ。荻原の背後からわきのしたに腕を入れ、テーブルから体を起こし、横向きに寝かせる。このとき、体のした側になる腕は前に伸ばして、うえ側の腕は曲げて手の甲を頭のしたに敷く。うえ側の脚をひざで九十度に曲げる。呼吸のある人間相手にできるのはここまで。あとは人を呼ぶ。

「おばさん、荻原くんが——」

廊下に出ると、おばさんがポットを抱いて階段をのぼってくるところで、「あ、倒れました？」

「はい」

「ごめんね、びっくりするよね」

部屋に入ったおばさんは、荻原を見るなり「あー、回復体位」といった。

「わかりますか」ちょっとおどろくおれ。

「うんわかる。応急処置の講習受けたことあるの」

「おれも去年とりました」

「なにか必要があって？」

「資格とるのすきで」

荻原に毛布をかけるおばさんにきく。「これって、寝てんですか。学校でも時どき倒れてますけど」

「うーん、なんていったらいいかなあ。夢の世界に、ちょっといってる」

「寝てるのとどうちがうんですか」

「寝てるだけなら、ゆすったり声かけたら起きるでしょー、遠くまでいってるとなかなか起きなくて」

「遠く？」

「うんまあ、これは大丈夫な感じ。冷たくなってないか時どき触ってみて」

といって、おばさんはポットをおいてゆく。親子そろって冗談なのか本気なのかわからないことをいう人たちだ。

市民救命士の知識がもっと生かせる事態にならないかなと期待しつつ、荻原のプリントに手を伸ばす。ほとんど解答しおえている。しかし字がへろへろ。手に力が入らなくなったのか後半は薄くて読みにくい。

「しかしよく生きてんな」

と、あきれるの半分、いまいましさ半分でおれはつぶやく。

失神しやすいというこれいじょうないくらいの弱点をもっていながら（もっているから？）女に護《まも》られて生きているイメージが、こいつにはあった。他人につけこまれる可能性は努力ですこしでも減らしておきたいおれにとって、すきがあるというにはあまりにもごっそり欠けたままへらへらしている荻原は目障りだった。

「………」

あとがのこらないならいじめていいんじゃねえか？　こいつは。ちょうど皮膚にいっぱいかさぶたやかき傷みたいのがあるから、それがカモフラージュになるていどの。

壁の棚には工具箱がいくつかある。そのわきに束ねられてぶらさがっているロープに目がいく。

ロープはちがうロープは、と、内心苦笑して打ち消しながらもロープの可能性について想《おも》う。教養としておれは亀甲縛《きっこうしば》りができる。母が趣味の洋裁で使っていた女性ボディーで練習したのだった。茶色い半纏のうえから縛られ、ハムのようなすがたで泣きながら「ゆるして兼古、俺はこれから硬派になる」と懇願する彼を想像すると気味がいい。

「………」

ちょっと落ちつこう。ポットの紅茶をおかわりした。

しんとした部屋に、鳴きながら渡るカラスの声が近づいて遠ざかった。前の道を重たげな車が通ると、古そうな木造家屋はビビビンと細かく震動する。

ふたたび、眠っている(?)荻原の顔に視線を落とす。

――これまでうまくいってたのに。馬め。

手がかってに動いて荻原の右ほおにふれる。人さし指の先は吸いよせられるようにカシオペア座のセギンにあたる赤いかさぶたへ。

――こんな奴《やつ》。

ルクバ、ツィー……かさぶたの星から星へと、線でつなぐようになぞってゆく。ツィーは鼻の頭。あとの星は左ほおにある。手の甲で荻原の顔をうえに向かせると、かすかに唇がひらいて熱い息が手にかかった。おれはなにをやっているのかな。指は左ほおのシェダルにふれ、カフまで、つつつと星座の軌跡をたどった。すると、正解！　とでもいうようなタイミングで、錠があいたように荻原が目をひらく。

彼は焦点のおかしな目で、じっとおれを、というかおれの後ろのほうを見ていた。

おれはぱっと体を離していう。

「おっ、お、おばさんが、冷たくないか触ってみてっていったから。起きたならいいんだ」

荻原は体を起こして濡《ぬ》れた犬のように頭をふった。かりかりと顔をひっかくと、かさぶたがひとつふたつとれた。

「貧血？　時どき倒れてるの」と、おれ。

「う……」荻原は顔をしかめてうなる。「そう思ってて」

「そう思ってて？」

「話すと長いし」と、彼はプリントに手を伸ばしていう。「ええと、どこまでいったっけ」

「現代文。採点してみたけど」

「…………」

荻原はおれの書きこんだ解答を眺めていたが、ふいに、いま気づいたというようにひたいを押さえて「なんか痛い」といった。

「そりゃおまえ、テーブルに思いっきりゴンっていったもの」

「どうりで」

「まだ二枚しか終わってねえけど、もうおそいから。あとは自分で」

「ごめん。ありがとう」

「そうだ、ノートも」

おれはヘパイストスのノートを十日ぶんさかのぼり、荻原あてに送る。

「兼古の書きこみわかりやす……」

荻原はひろげた端末を眺めてひとりごとのようにつぶやく。そういうことはもっと大きな声でいいやがれ。

おれはいう。「帰る」

「うん」

「月曜からこられそう?」

「たぶん」

「あとそれひとりで大丈夫?」

「たぶん」と荻原は首をかしげて笑う。

彼とおばさんに見送られてバイクにまたがり、安全運転でねといわれながらエンジンをかける。澄んだ夜空にはふくらみかけた月。きゅうに寒いところに出たからなのか、体が震えて歯の根があわない。止まりたくないのにこんなときにかぎって信号に引っかかりまくる。指先に荻原のかさぶたの感触、ほおの温かさがいつまでもじんわりのこっていて、ハンドルから手を離してぶんぶんと振った。

中学のころ、可愛いなと思っていた女子に「あんな秀才つまらない」と陰でいわれていらい、秀才とか優等生とかの言葉には傷つく感じしかしない。おなじような意味なら荻原が弟におれを紹介したときの「逸材」のようにいってくれたらどんなにいいか。あれはさりげなくデリカシーのある表現だった。

荻原に送った十日ぶんのノートを、ベッドのなかでもう何周も読みかえしている。わかりやすいとほめられたのがうれしいらしく、彼の目線になったつもりで眺めてみている。やっぱりおれのノートはいいよなと。

きょうは荻原の家にいってよかったのかよくなかったのか——寝るつもりでとっくに明かりを消しているが、真っ暗になると奴の顔のかさぶたをなぞるという謎の行動をしたときの気持ちというか、気持ちになる以前の空白の時間がよみがえって目が冴《さ》えてしまう。あれはなんだったんだろう。思考がとまって手だけが動いたあの感じ、おそろしい。いじめたいとか縛りたいとか威勢のいいことを思ったわりには、ほおに触ったていどでこれ。わかってるんだ、おれのいちばんの問題は知識と経験の乖離《かいり》。

そのとき、いいあいの声が聞こえた、と思うと、バン！　と大きな音がした。一気に血圧がさがったようなめまいのなか、サイドテーブルのうえの眼鏡を拾い、おれは居間に駆けつける。

廊下に母がうずくまっていた。父が馬乗りになってさらに殴ろうとするのを、おれがあいだに入ってとめる。酒でわけがわからなくなっているので理屈はなく、父がこの状態になったらとにかく母を引き離す。夫婦げんかの発生を感知してから、いかに早急に駆けつけ被害が拡大しないうちに母を回収するか。タイムを測ればレスキュー技術としては全国でも最速の部類に入るはず。くそったれ。

罵声を背に浴びつつ、母をつれておれの部屋にいき、ベッドに寝かせて床には客用の寝具を敷く。あの父が、会社では温和で常識てきな人物だと思われているというのが信じられない。

「緑ごめんね」と、母は泣いてふとんにくるまる。

「なにが原因なの」そんなものないだろうがいちおうきいてみる。

「わからない。私のいったことが気に入らなかったみたい……帰ってきたときから、ちょっとおかしな感じだった」

父はあばれるまえぶれとして、人の言葉をわるいようにしか受けとれない、ささくれ立った精神状態になる。目つきは不穏に。子どものころからおれは、父にその気配を感じるたび、彼を刺激しないように話題を変え、雰囲気を変えようとしてきた。うまくいくこともあるがいかないことも多々。四六時中見張っているわけにもいかないから、こんやのように真夜中に目の届かないところで勃発して、物音に飛び起きて駆けつけることも多々。

父はむかしからなぜか、おれの部屋に逃げおおせた母を追ってくることまではしないのだった。ほどなく母の寝息が聞こえだす。おれは眠る母の枕もとから端末を拾い、客用のふとんにもぐりこんで、もういちどノートをひらいて読む。荻原がおれのノートをどのように読んでどこをどんなふうにいいと思ったか、その思考回路を想像で何度もなぞることで、自分のなかに回復していくものを感じながら。

朝おそく、起きるとベッドはからで、母はなにごともなかった顔でキッチンで朝食のしたくをしていた。父も数時間まえにあばれた人と思えぬ落ちつきで、端末で新聞を読んでいる。この光景を見るたび、なんなんだろうここは、ととまどう。夫婦は謎。最大の謎。うちのように蒙昧《もうまい》な数億の夫婦がうごめきながらこの星はまわっていると思うとくらくらする。おれが母ならとっくに父のようなわけのわからん男とは別れている。しかし母にその選択肢は考えられないらしい。世間体がわるいし、ひとりでは経済てきにやっていけないからと。

おれが食卓に座ると、母はふり向いて、いつもの夫婦げんかの翌朝とおなじようにちょっとばつがわるそうにほほえんで、あんたも食べなさいとかなんとかいう。暴力だけを見れば父が一方てきにわるいように見えるが、その発端は母の口による攻撃ということはよくある。昨夜も父を傷つける言葉をいったのかもしれない。もうわからない。

味が感じられない飯をすませて、部屋に引っこむ。日なたのいすに座ってなにも手につかないまま午後になっていく。せっかくの土曜なのに。

ジムのプールにいこう、と身じたくを始めたはずが、なぜか学校用の端末や資料や英語のワークブックなど、関係ないものもバッグに詰めこんでいる。そしていったん自転車にまたがると、ジムとはちがう方向にこぎだしてしまう。

おれがたどりついたのは――なんと荻原林業だった。

「べつに困ってねえならいいけど」

材木を積んで出発しようとしているトラックのエンジン音のなか、玄関前で半纏を着て立っている荻原におれはいった。

「馬が、きのうやったワークはとくに大事だって、いってたの思い出して」

「はあ」

「それにけっこう小テストのこってたろ。あれやっぱひとりじゃたいへんなんじゃないか」

「はあ」

きのうより心なしかかさぶたの減った顔で、荻原は寒そうに目を細めて「はあ」ばかりいう。彼にしてみれば、なんできょうもおれがくるのかわからないだろうが、おれだってなんでここにきてしまったのか自分でもわからない。

トラックから作業服のおじさんが降りてきて、「友だちかい」とおれたちに笑いかけてくる。

「クラスの兼古」と、荻原。

「どうも楯の父でーす」と、背が高くてかっこいいおじさんはひょうきんな感じでいい、おれを遊びにきたものと思ってか「ゆっくりしてってね」といって玄関にあがり「かーさん、おにぎり!」とおばさんを呼ぶ。

「また忘れたのお」

「かーさんの顔をもういちど見にきたんだよ」

と、気恥ずかしくなるくらい仲のよさそうな夫婦の会話が家のなかから聞こえてくる。

海でも見ているような茫洋《ぼうよう》とした表情をしていた荻原は、やっと口をひらいた。

「ええと——じゃあ、教えてもらうかな」

彼につづいて家に入ると、おじさんに包みを渡したおばさんがアラッと顔をほころばせて「きょうもきてくれたの？　ありがとね！」といった。おじさんは出てゆき、トラックが出発する。

「昼食べた？」荻原が階段をのぼりながらきいてくる。

「いや」と、おれ。

すると彼は「べべさん！」と、階下に向かって呼びかけた。

表札には「荻原長《ちょう》・べべ」とあった。こいつ母親を名前で呼ぶのか？　とおどろいていると、つづけて「めし兼古のぶんもー」と大きな声でいった。ハーイときげんのいい声がした。

彼はまたテーブルをひろげ、ペンケースと端末、きのうおれが渡したプリントを出す。

おれは異世界をまのあたりにした心地でつぶやく。「親仲いい……」

「え、うん」と、彼。

「うちとぜんぜんちがう」

「………」荻原はそれには答えず、座ぶとんをくれる。

向かいあって座り、プリントの束を確かめる。きのうおれとやった未来日本国史と現代文いがいは手をつけていないのに気づく。

「なんだ、あれからやってねえの」

「うん」荻原は半纏の襟から手を入れてさりさりと背中をかいた。「いまからおまえといっしょにやるよ」

おまえといっしょに、というところをもういちど聞きたい、と反射で思った。

そこにおばさんが赤飯と吸いものを運んできた。赤飯？

「なにかいいことあったんですか」ときくと、おばさんは「うちではなにもなくてもよく食べるよ。美味《おい》しいじゃない？」といった。

おばさん去りしのち、おれはたずねる。

「赤飯がすきなの？」

「それもあるけど」ほんのり赤い、つやつやした赤飯をほおばって荻原はいう。「俺が七歳まで生きられたことが、めでたいからって。虚弱児だったから」

「七歳？」

「七歳までは神の子って言葉があるらしい」

「ああ、人は生まれてから七年は、半分天の存在、みたいな考えね」

「それからもう十年はたってるのに、月に何度か赤飯だよ」

「いい話だ」

「ね」荻原はくすぐったそうに笑った。笑うと尖《とが》った犬歯がキラッとした。

この家では、子どもが七歳まで生きられたことの、お祝いがいまもつづいているのか。

その赤飯をこのおれも食べているふしぎさ。

「バスタオル？」ふと、荻原が吸いものの椀《わん》に口をつけていう。

「あ、これ」おれは背後でバッグから飛びだしていたバスタオルをつっこむ。「このあとプールにいこうかと」


いく気なんかなかっただろ、と、べつの自分がすかさずいう。

「兼古泳げんだ」

「うん。おまえは？」

彼は首を横にふる。

「教えてやってもいいけど」

「水は苦しい」

「おもしろいよ、泳げたら」

ずっとまえからこんなふうに話をしていたような気がする。荻原はあくびをしながら、彼とおれの食べおえた食器を重ねる。

「おまえいつもあくびしてるな」

「出るんだからしゃあない」

「いまは寝んなよ」

といいつつ、得体のしれないうれしさでそわそわしているおれ。いつも仲間にとりかこまれている彼が、一対一で自分の前にいることが、おれはうれしいみたいだ。

なんだこの時間。きょう、ここにきてからものすごく楽しい。きのうまでのにくらしい思いがうそのように、あまりにあっけなく流されていくので逆らってみたくなる。おれはこいつが長いこと気に入らなかったじゃないかと。そしてそんな抵抗が、やはりその笑顔とかしぐさに崩されていくのを味わっていた。抵抗すると、流されるときの快感が強まるだけなのか。

馬に念を押されていた英語のワークブックも夕方には終わり、おれはふわふわとした気分で自転車をこぎだし、家へ帰る気持ちになれずにけっきょくジムのプールへいった。

月曜の朝は緊張していた。教室のおおぜいのなかで会うと、荻原とまたもとのように接点のない他人にもどってしまう気がして。しかし通学路で、ぞろぞろと歩いているどれもこれも似たような背中から、ただひとり発光していた後ろすがたを見つけると、みぞおちから引っぱられるように体がかってにバイクを寄せていった。

歩いている彼の数メートル先にとまる。

「あ、兼古おはよう」

その顔からは、あんなにたくさんあったかさぶたが目立たなくなりつつあった。もちろんカシオペアは消えていて、それをすこしざんねんに感じる自分がいた。

「ものすごくしずかなバイクだなー、ぜんぜん気づかなかった」

「乗るか」

「いいの」

「よくないけどいい」というと、荻原は笑ってヘルメットを受けとった。校則ではふたり乗りは禁止されている。

「よくないけどいいばっかだね、兼古は」

「従う意味のないルールがおおすぎる」

ふたたび走りだす。このバイクの、とじていた目を音もなくひらいていくような、なんともいえないなめらかな発進がすきだ。

「はや～い、ひょおー」だなんて、荻原がみょうな声をあげるので、おれは笑う。

「あれっ、聞こえる？」と、彼。

「ヘルメットどうしは通話機能あるんだよ」と、おれ。

「はー、そっか。必要だよな」

その声は耳に唇をつけてささやかれているように近い。

彼は特徴のある声をしていて、口さがない生徒が「荻原って声変じゃねえ？」などといっているのをたまに聞く。変とは、なんというか――表現が見あたらないんだけど、エレエレした声なのだ。エレエレってなんだよって話だが。そうとしかいえないようなふしぎな声だ。低くはない。では高いのかといえば、そうでもない。扁平《へんぺい》なようで甘く、耳の奥をひっかくようにのこるものがある。

まあとにかく変わった声だ。

「このバイク、鳥居工場製だっけ」

「うん」

鳥居工場は未来浅草のとある神社が副業でやっている小さいバイクメーカーだ。どのマシンにも日本神話の神がみの名前がついている。

「名前は？」と、彼。

「ハヤアキツヒコ」と、おれ。

正式名称はさらに、「ＳＳ—ＣＫⅢ（信じがたいほどのしずけさ—ちょっと改良第三世代）」というのがつく。その名のとおり自転車よりもしずかなマシンだ。

「ハヤアキツヒコ。なんか可愛いね」

荻原が、その王子さま然とした外見からイメージされる二枚目ボイスなのではなくて、ギャップを感じる声なのがむしろ味があっていい。もっとしゃべらないかな、と期待している自分に気づいた。

しかしバイクだとたちまち学校についてしまう。荻原を校門前で降ろすと、生徒用の駐車スペースを通過して業者用の駐車場にとめた。

生徒玄関で、さきにいきゃあいいものを律義に待っている荻原が見えて、それはとても面映《おもは》ゆい光景だった。そしておれがそこにつくまでに、何人もの女子が彼のまわりに立ちどまってはさざ波のように話しかけてゆく。おれがいままで話したことのある女子の数を、荻原は朝の数分で超える。

「よーう緑、と、あら、楯も」玄関で腕章をつけて生徒指導している馬がおれたちを呼びとめる。「おまえらいっしょにきたか」

「おはようございます」と、荻原は、馬を無視したおれのぶんまで明るくあいさつする。

「よかったなあ楯、緑きてくれて。さっきお母さんから電話あった」

「心配かけまして」

「あ、土曜もいってくれたんだって？　ありがとな緑！　ありがとな緑！　おい、ありがとなってのに！」

「聞こえてると思いますよ」荻原がとりなす。

「ひどいなーあいつは」

いちどいえばわかることを大きな声で何度も馬鹿が。荻原も相手しなけりゃいいのに馬とまだしゃべっているようなので、おれは奴を待たずに教室に向かった。

家で音楽や番組を聴きながら勉強していると、ふいに母の悲鳴やけんのんな物音が聞こえた気がして、すわ出動か、とあわててヘッドホンをはずして耳を澄ませる。たいていは気のせいで、ほんとうに父があばれていることは五回に一回くらいなのだが。

子どものころからそういう緊張をつねに強いられているせいか、神経症の気があるのかもしれない。家にいると不和の気配に消耗するので、いないほうがいい。どうせ翌朝にはなにもなかったように食卓にいる夫婦なのだから。じゃれあいなのだから。進化のなさにおれが傷ついたり疲弊するのはむだなのではないか。あいてる時間は家にいなくてすむよう、予備校の講義やジムのプログラムを詰めこんでいる。夕食も夜食もファミリーレストランでたいていひとりですませる。

週なかばの学校帰り、予備校に向かう道のとちゅうで、夕映えのなかを正面から歩いてくる男が、ゆらっとおれに近づいて「兼古」と声をかけてきた。

「え」すれちがって、思わずふりかえる。黒いスーツのうえに黒いコートを羽織っているその男は荻原で、思わずその全身を見つめてしまう。「お、おまえか」

「どこいく」と、彼。

「え、塾」と、おれ。

「ふうん」

「おまえは」

「バイト」

「バイトォ!?」三年の秋にバイトしてるというのが、おれにはおどろきだった。「なんの」

「伯父の葬儀社で、あれに乗ってる」

荻原が空を指した、その先には觔斗雲ビルから飛びたった飛行船――斎《さい》の船が輝いていた。彼はまぶしそうに目を細めていう。

「あれはほかの会社のやつだけど。うちのはもうちょっと小ぶりな、いーい感じの」

「斎の船乗ってんの」

「うん」と笑う荻原は、夕陽《ゆうひ》のなかで輪郭がにじむように輝いて、黒いのか金色なのかよくわからない。

斎の船は、「おとむらい」と呼ばれる宴会のような現代式葬儀にはつきものの、火葬施設を備えた飛行船だ。宴もたけなわというころにどこからともなく会場上空にあらわれて、故人の柩《ひつぎ》を引きあげ、船内で荼毘《だび》にふし、遺灰をまくというサービスをする。夕方から夜にかけては、金色の斎の船が未来東京の上空をふわふわ、ぷかぷかと飛び交うのが日常の光景だ。

「ねえ兼古」と、彼。

「え」と、おれ。

「きょうどうしても塾いく？」

「えっ」

「いっしょにいこう。よかったら」

「どこに」

「船に乗ろう」

「え！」

「深夜には帰れるよ。――もういかないと」

と、彼はそのままおれの横を通りすぎていってしまう。

「………」

三秒はおれの口はひらいたままだったと思う。おれはふり向いて「いく」といった。

「おれもいくよ」

荻原は笑う。おれがそういうのをわかっていたように。

いまきた道を逆方向に、見なれないいでたちの彼とならんで歩く。

「それって――喪服？」と、おれ。

「仕事着だよ」と、荻原。

勅斗雲ビルの屋上が、いくつかの葬儀会社の船の離着陸場になっているという。ビル裏口の関係者用通用口から入り、エレベーターで屋上に出た。前世紀からの未来浅草名物である、ビルてっぺんの黄金の雲のかたちのオブジェ（うんことみんな呼んでいるが）の周囲に、斎の船たちがシャンパン色の気嚢《きのう》を大きく膨らませていた。

「あれうちの」と、彼。

「きれいな船だ」と、おれ。

彼は飛行船の船室のドアをあけてなかに入った。おれもついてゆく。

「社長、きょう僕の友だち乗ってもいいですか」

といいながら、部屋の奥につかつかとすすむ荻原。おれは彼の背後から室内をのぞきこみ、ふたつならんだ炉にどきっとする。もしやこれが火葬室か。炉のとびらはふたつともひらいていて、柩をのせるらしい滑車つきの台がなかから引き出されていた。掃除機やモップが壁ぎわにあり、清掃中のよう。

祖父のおとむらいには出たことがあるけど、火葬場を見るのははじめてだった。

「へぇえ……」入口に手をかけて眺めていると、奥から荻原と、おなじように黒スーツのおじさんが出てきた。

「楯くんの伯父の駿河台《するがだい》です。こんにちはどうも」

「兼古です、おじゃまします」

「社会見学ね、歓迎するよ。どうぞ、狭いけど」

火葬室を抜けると操縦室。前面と左右がガラス張りでシートがふたつならんでいる。

そのあいだに操縦輪やこまごまとした計器やモニター。

「荻原運転できんの」

「そのうち」

「すげえな三面ガラスで……これであの高さからの視界って……」

「高所恐怖症?」

と、彼が壁にもたれ、おもしろそうにおれを見ているのが窓に映っている。

「いや、たぶんそれほどでも。よく人乗せんの?」

「兼古がはじめて」

兼古がはじめて。

なぜかうれしく、口もとがゆるみそうでふり向くことができずにいると、こっち、と声がしてつぎの部屋へ。廊下のようなスペースにちょっとした台所やトイレらしき設備が。そして休憩室っぽいところへ。

荻原は冷蔵庫からオレンジジュースのブロックを出してくれる。

「さっきの駿河台さんが社長で、息子の人がこの船を運転してて、そのふたりでお棺を運んだりする」

「おまえはなにしてる」

「ンー、火葬とか?」と、首をかしげる彼。

火葬とか？　じゃねえよ可愛いつもりか、とつっこみたいが鳥肌が立ってそれどころじゃない。

「あと遺灰をまくのも」

「すげええ」おれはうめく。「焼くの、人の体を。おまえが火いつけんの」

「それは機械が……。俺はボタン押したり、温度みたり、冷ましたり」

「クッキー焼くみたいにいうなよ」

「はははははは」荻原は声を低くしてこわい笑いかたをしてみせる。「そうそう、焼け具合も確認しないと」

「すごいことやってんだな……」

「まあ向き不向きはある」

「向いてる？」

「いやだと思ったことないね」

こいつを軟弱と思っていたのはまちがいだったかもしれない。むしろいまは頼もしいとさえ思う。

「もしかして非常事態に強いタイプ」

「俺には日常なんだけど」

操縦室のほうで話し声がして、しばらくすると船がふわっとゆれて浮かびあがる。おれは窓に近寄ってみる。

ゆっくりと遠ざかっていく、觔斗雲ビルの屋上。黄金の雲のオブジェが地面のように窓いっぱいにひろがって、照りかえしを受けてまぶしい。まるで太陽の表面から飛びたっていくみたいだ。

ひゃあ、おわあ、学校だ、すげえ、と、気づけばおれは子どものような歓声を連発していた。われにかえってふり向くと、荻原が足を組んでテーブルにほおづえをつき、満足そうにおれを見ていた。光を吸いこむ黒のスリーピースが悪魔のように似あっていて、やけに大人っぽく見えた。

おれは興奮してずりおちぎみだった眼鏡をなおし、いう。「な、なに」

「いや。見てていいよ、そと」

「いいかげんこわいわもう」おれはテーブルにもどる。

「学校見えた?」

「あった」

「夜景もまたいいもんよ」

「卒業したらここで働くの」

「大学いく。バイトはつづけるけど」

「大学出たら就職か」

「そんなさきのことまで——船運転できるまではやりたいと思ってるけど」

「免許とりゃいいんだろ」

「この失神ぐせが治ればいいんだけどね」荻原は苦笑する。「だから兼古のバイクはすごいなと思うよ。俺自転車乗るのもいい顔されない」

「たしかにおまえの後ろにゃ乗りたくねえ」

「中学にくらべりゃ減ったんだけど」

「もっとひどかったの」

「ほぼ毎週」

おれは荻原の、あの顔からいった倒れかたを思い出す。

「ヘルメットして歩いたほうがいい」

「中学までかぶらされてた」

「親はおまえが可愛いだろうね」

「うん」と、荻原はにこにこして。

「うん、か。すごいな」おれはため息をついた。愛され、大事にされてきた記憶というのはこんなふうに人を堂どうとさせるものなのか。

愛された人間にはかなわない。

愛される人間は一生愛され、愛する側は一生愛する。その役割ははじめから決定していて、とちゅうで役を替わることなんかできないのだと、そんなことをよく考えていた。もちろんおれはひたすら愛する側の役だ。

「べつにうらやましいわけじゃねえんだよな」

「え」

「おまえの両親が仲いいのとか、おまえが親からすごく愛されてるのとか」

円満そうな家庭を見ても、そこの家の子になりたいとはいちども思ったことがないのがわれながらふしぎだった。おれはあくまでうちの親がすきなのだった。

「むかしからおれは子どもっていうより仲裁担当者で、親のけんかのあいだに入って、双方のいいぶんを聞いて、どっちがわるいかジャッジするのを期待されていた」

「へえ」

「父がぐちゃぐちゃいうのを一刀両断して、おまえがわるいって宣言すると、母はよろこんで、緑はすごいね賢いねと。そのときはいいことをした気分になるけどあとですごく落ちこむ。父も母もおなじくらいすきなのに、どちらかをわるいといわなきゃならないことに。そしておれにそんなことをさせる母は、おれを、ほんとうには愛してないんじゃないかって」

こんなみじめな家庭のこと、十年間赤飯を炊きつづけている母をもつ荻原にどこまで共感してもらえるのだろう。

「大人を裁くことになれてくると、彼らをおろかなものだと見くだすようになる。でも子どもの自分は、そうやって馬鹿にしてる大人からの愛情がないと生きられない。ずっと矛盾を感じてた。でも、両親が未成熟な人間だなんて、そんなこと百も承知で愛してるし、愛してほしいんだよ」

「愛」

「そう」

「兼古は愛がテーマか」と、荻原は黒いカフスボタンをいじりながらいう。「ちゃんと愛されてると思うけど」

「どこが？　だれに？」

「おまえに愛のテーマを抱かせたのが、親からの愛だよ」

「…………」

「……といったら、おまえはいやかい」

「いいたいことはわかるがしゃくだ」

「じゃあこう考えてみては。おまえは、おまえをそういう親のもとに配置した人に、愛されている」

「配置した人ってだれよ」

荻原はまるで、それを知っているみたいにいう。「だれだろう」

「神さまてきな存在か」

「そうともいう」

「大いなる意思みたいな」

「そうともいうね」

「いやだそんな、愛について考えさせるのが愛だとかそういうの。もうたくさんだ。おれはもっと具体てきな個人に直接てきに愛されたい」

「ごもっとも！」

いにしえのクイズ番組の司会者のように、荻原は手を打つ。それにいきおいを得たように、立て板に水どころか滝という感じでおれの口からは言葉がほとばしった。

「ただいまっていったらおかえり、いただきますときたら召しあがれ。そこにあるべきなのは慕わしさと献身の気持ちだけだろう、そんなささやかな、ただただ慈しむべき場面まで、うたがいやおそれや政治に侵される生活におれは耐えられない。そんなところでいちいち立ちどまらされて考えさせられたくない。思考の介入する余地がないくらい満ちてみたい。愛を感じながら無警戒に眠りにつきたい目覚めたい。そう無警戒、おれはもう警戒するのをやめたいの」

「情熱てきだな兼古は」

「愛し愛されて愛を知りたい。いけないか？　高望みか？」

いまたぶん噛《か》みつかんばかりの顔つきになっているおれの髪を、荻原は笑いながらぐしゃぐしゃになぶっていう。「わかったわかったわかったわかった」いつも七三分けにしているのだが、いまはかき乱された自分の髪で目の前が鬱蒼《うっそう》としている。

なんでこいつに、こんなことぶちまけてるんだろう。おれはテーブルのジュースブロックをつかんで、ストローから中身をぜんぶ吸いあげた。

おとむらい会場の上空にきたようで、船は空中でとまる。しばらくして柩がしたから運ばれてくると、荻原は伯父さんに呼ばれて火葬室にいった。ふりかえって「くる？」といった（ウィンクしたように見えた）けど、おれは首を猛烈に横にふった。

マンションの屋上でおこなわれているおとむらいを窓から見おろす。船からはこんなふうに見えていたのか。黒い服の人たちが立食パーティーをしている。眺めているといきなり花火があがって、それが合図のように演歌のような音楽が始まったのが風にのって聞こえてきた。

深夜、家につくと居間のテーブルの位置がずれ、花瓶とおき時計が落ちていた。学校からの配付物も散らばっていた。斎の船から降りたときの高揚感が急速にしぼみ、自分が冷えて濁っていく感じがする。車庫に車がなかったのは、母は逃げたということか。

それはよかったとして。

帰宅してこうしたありさまになっていると、自分はサイコメトラーじゃなくてよかったとつくづく思う。この家は争いと人恋しさの記憶でいっぱいだ。

酒やら料理やらがこぼれたテーブルを拭き、食器をキッチンにさげる。表面にひびが入りながらもけなげに動いている時計を棚にもどす。花瓶はもち手がとれていて、再生剤でくっつける。水がしみたじゅうたんにタオルをあてて吸わせる。花瓶は母の友人からの結婚祝いで、父があばれたらあぶないからとリビングボードと壁のすきまの低い位置を選んでおいたけど、まきぞえを食ったか。

床に折れ重なったカサブランカを、指を花粉まみれにしながらもういちど水に挿してみていると、いきなりドアがひらいて気色ばんだ父が飛びだしてきた。母がもどったと思ったらしいが、おれだとわかると咳《せき》ばらいして「なんだ緑か」といった。

父の足もとに先日の模試の結果シートが落ちているのを見つける。近づいて拾おうとしたとき、目の前にあった足がびくっと震えてあとじさった。

「え？」

おれは思わず父を見つめてしまう。彼は気まずそうに顔をそむけてドアをとじた。

いつからか父は、おれをおそれる目で見ることがある。そのことにとても傷つく。この自分が――彼と同様に――暴力をふるう人間だと一瞬でも思われることに。

冗談じゃない、あんたといっしょにするなと内心はげしく否定するものの、おれに彼の性質が受け継がれていないという保証はない。いままで家族にも他人にも手をあげたことはないが、この環境にいつづけたら、ぜったいにそうしないなんて誓えるだろうか。

「……出よう……出よう」

一刻もはやくここを出よう。自分のなかの暗い力を刺激する場所から遠ざかろう。優しい気持ちになれるところにいこう。愛の感じられるところへ。踏まれてしわになったシートを鞄のなかのファイルにはさみ、自分の部屋に向かいながらおれはそうつぶやいていた。

おれのほしいものはここにないということがわかっただけでも、この家に生まれた意義はあった。ふたりの人間がいっしょにいる理由について、幼少期から十年いじょう考えつづけることができた。結論はとうに出ている。愛いがいの理由でいっしょにいてはいけない。そこを妥協したら死んだもおなじ。

おれはそんな関係を求めていつかここを出るのだし、それまであとすこしだ。いまはいつかくる自由の日々のためにできることをして、力をためておく時期だ。

十一月になった。

予備校のない日は家に帰るとすぐ、水着とタオル、勉強道具をつめたバッグを準備する。バイクか自転車か迷って、自転車で家を出る。ジムのプールで一時間泳ぎ、ジャグジーで自分に向かって湧いてくる泡を眺めながらこんやの身の振りかたを考えた。プールには体をほぐしにいくつもりで、しかしいつもそれを忘れてわりと本気で泳いでしまう。そのあとのジャグジーとかサウナは出たくなるまでぼんやりしていれば、ほどよく時間がたっているし、体によいことをした気にもなれるし、こういう受け身の娯楽もいい。というか、そういうのでもなければ身がもたない。起きているあいだはどうも、能動てきでなければならない、前進していなければならないという強迫観念にかられて。

さて図書館にいってもいいし、いきつけのファミリーレストラン「ファニーかもめ」でもいい。荻原の家にいけたらもっといい——。

そう思ったら、そう体が動いてしまうおれである。

彼の家につくと、おばさんが出てきて「きょうはバイトなの」といった。

「そうですか、じゃ」

去ろうとするおれをおばさんは呼びとめる。「もし兼古くんがきたら、いないときでも部屋にあがってもらってって、いってたよ」

「えっ」

「こんやは十時くらい、もどるの」

「ええと」

おれはまごついて、すぐに返事ができない。自分がいなくてもおれが部屋にいていいって？　あいつが？

「どうするー？」水色のカーディガンを着たおばさんは、にこにことして、玄関前の敷石のうえで小さな女の子みたいにツイッと背伸びをした。

「ほんとにいいんですか」

「うん、楯がいってたよ」

「じゃあ、おじゃまします……」

「うんうん、そうしなよ。入って」

そういっておばさんはひょいっと玄関に消えた。

荻原のいない荻原の部屋は、どこに座ったらいいのか、落ちつかずにうろうろする。けっきょく例の折りたたみテーブルをひろげ、押し入れから座ぶとんを出す。押し入れのなかには服がかかっていた。ふわっと、おぼえのある香りがする——いつも荻原からただよっている洗剤の匂い……。

気がつくと、奴のセーターに顔をうずめている自分がいた。

なにやってるんだ、はやく離れろと思っても、とても離れられない。花のなかで花粉まみれになって蜜におぼれている熊蜂、いまのおれはそれだった。

やっとのことでひきはがすように顔をあげると、こんどはならんでいる服のなかに、体育の授業で彼がジャージのしたに着ていたTシャツなど、見おぼえのあるものを見つけてしまう。

「荻原」

それらの束をぎゅっとかき抱くと、頭のうえでハンガーがかちゃかちゃと明るい音を立てた。まるで彼が笑っているみたいだ、と、あの笑顔を思い浮かべておれは目をとじる。

そのほか――扇風機が背もたれについたいす？　木箱からギターのネックがつき出たような創作楽器？　とも家具ともつかない謎のオブジェがいくつか押しこめてあって、壁の工具箱とあわせて考えるに、これは彼の作ったものたちのようだ。使わないんならおれにくれ、この奇妙な家具をおまえだと思って毎晩抱いて寝るよ、と願ったが、荻原がおれに見せないということは見なかったことにしたほうがいいのかもしれない。

はじめて味わう気持ちが胸にあふれ、めまいがする。ふらふらと押し入れからあとじさると、壁にかかっている制服の紺のブレザーに目がとまる。胸の校章と名札を見つめる。名札がほしい、それがだめなら一日交換してみたい、って荻原ファンの女子か。震える指でブレザーの前をひらこうとしたとき、「兼古くーん」とおばさんの声がした。

おれは壁から飛びのいてテーブルの前に座り、端末や予備校のテキストをひらいて受験勉強しているふりをする。

「こんなものしかありませんがー」と、テーブルにおやつとお茶をおいて。

「すいません。なんかほんとにいつも」

「えっと、えっと、あのー」おばさんはもじもじと盆のしたから一冊の本を出してくる。

「こんなのすきじゃない？」

星占いの本。

「悩んだとき、私けっこうこの本読むんだ。兼古くんお誕生日は？」

「九月二十二日……」

「え！　楯は二十三日ですよ。一日ちがい！」

知ってる。

「えっと、じゃあ兼古くん乙女座のさいごの日ですか？　楯は天秤座《てんびんざ》のさいしょの日なの」

知ってる。

「私は魚座です」

きいてない。

「えっと、乙女座の性格はー」ページを繰って読みはじめるおばさん。

読みあげられた乙女座の特徴は、身にしみて自覚している部分、当てはまらないと思う部分、ともにテンプレートでありすでに知っていることの範囲を出るものではなかった。おれは教養として西洋占星術の基礎くらいは押さえている。

「……ということです」神託を告げる面もちで、おばさんは朗誦《ろうしょう》を終えた。

「ありがとうございます」おれは頭をさげる。

「おいていきますね。お勉強の息抜きに、よかったら」

そんなに悩んでるように見えるんだろうか。見えるんだろうな。

クラスの住所録になぜか生徒の誕生日まで併記してあって、おれは全員の誕生日を暗記している。数字というのはどうも、眺めていると覚えてしまう。

おいていかれた本をぱらりとひらき、「乙女座×天秤座」の項目を見てみる。「ビジネスなら最高！　でも恋人としては――相性三十点」とあった。さ、三十点。そんな点数、これまでの人生で見たことがない。相性はそんな単純なものじゃないとわかりつつ、数字ではっきり示されて打撃を受ける。なんてものをもってくるんだあの魚座。

占い本をベッドに放り、とりあえず十時まで過去問をやると決め、アラームをセットして取りかかる。とちゅうで寒くなってきて彼の佃煮色《つくだにいろ》の半纏を着た。

トラックが家の前でとまり、おじさんが帰ってきた。玄関で出迎えるおばさんの声と、おみやげに飛びついたらしい弟の歓声が二階にも聞こえてくる。テレビの音がかすかにして、時どき笑い声が。こんなおだやかで居心地のいい家があるのかとおれは天井をあおいだ。

アラームが鳴って、問題集のページを繰ってみると思ったよりもすすんでいた。ひと休みしよう、と番茶を飲むと、机の横の天体望遠鏡に目がとまる。

反射式の白く太い筒が美しいササヅカ製。赤道儀は端整で、三脚が木製なのもシック。おれは立ちあがって望遠鏡の前にひざまずく。これはもうカタログには載ってないタイプのはずでとても貴重だ。

カーテンをあけて窓をひらき、筒を夜空に向けてみる。うちにも望遠鏡があって、惑星や彗星《すいせい》の接近が話題になるとミーハーにレンズを買ったりしている。ベテルギウスでも見ようかなと架台を調節していると、窓のしたからカネコ、と声がした。コートを着た荻原が手を振って立っていた。

「ただいま」

「あ、おつかれ」

「なにか見えた?」

「いや、まだなにも」

部屋に入ってきた荻原が動くと、彼が身にまとってきた冷気もいっしょに移動する。

「このササヅカどうやって手に入れた」

「もらった。うちの会社によく茶飲みにくるお年寄りがくれた」

「もらった？　これ赤道儀だけで五十万はいくだろ」

「みたいね」と、なんでもないことのように。

「このジゴロが……」

「人聞きのわるい。家族が飽きちゃって放置してるから使ってほしいっていわれたんだよ」

おれは望遠鏡をひっこめて窓をしめ、勉強道具をひろげてもはやおれの第二の机と化しているテーブルの前に座る。

なんの用？　ときかれたらどうしよう。いままでは勉強を教えるという口実があったが。きょうはついに、ただきたくてきてしまった。彼に会いたくてきてしまった。

「忙しかった？」と、おれ。

働くことになれている荻原は大人っぽく見える。

「ふつう」

彼は短く答え、横を向いて襟からネクタイを抜き、カフスボタンをはずす。体から闇のかたまりを落とすようにさらさらと黒いジャケットとベスト、スラックスを脱いだ。白いシャツのしたは裸で、素肌のうえに着てるとは思わなかったのでつい刮目《かつもく》してしまう。胸に腕に水ぼうそうのあとがすこしのこっている。脚の内側なんかにも……。

ショーツに指をかけた荻原は目だけこちらに向け、「見てるな？」

「え」

「視線の出力が凄《すさ》まじい」と笑う。

「いやいやいや」眼光のころしかたがわからない。眼鏡をはずすしかなく、はずす。

彼は着替えをつかんで部屋を出る。「シャワー浴びてくる」

「あ、はい、いってら」

ドアがしまり、足音が遠ざかっていくのを確認すると、おれはぱたりと床に倒れた。

——どきどきしすぎる……!!!

なんだこれ、なんだこれ、と胸をかきむしる。じんましんでも出てるんじゃないかと思うくらいだ。荻原が綺麗で、荻原がまぶしい。

彼を求める気持ちのままに行動してきたが、これをつづけていたら自分はどうなってしまうんだろう。とまらなくなりそうで怖い。

もどってきた荻原は雪うさぎ柄のパジャマに、胸にＵＦＯの刺繡《ししゅう》があるカーディガンを羽織っていた。おれはテーブルのしたで、シャープペンシルの芯をカチカチカチカチカチカチ連打して長く出しては爪でズズーと押しもどすという動作をくりかえしていた。落ちつかないとき、よくこれをやる。

「なんだこの音——兼古？」

荻原がテーブルのしたをのぞきこむ。おれはシャーペンのノックをぴたりとやめる。

「芯出しまくってなかった?」

「べつに」

「うーうーい」と、彼は声をあげて大きく伸びをし、占い本に気づいて笑う。「その本なんでそこに」

「おばさんが読めって」

「すきなんだよなーべべさん、占い」

荻原がべべさんべべさんいうので、おれもつられてしまう。

「おまえ、べべさんにうちのこと話した?」と、おれ。

「ンーすこし」と、彼。

「そうか、それでか」

おれに親切にしてくれるのは。

「オールAすげー」

ふいに荻原が声をあげた。その視線の先を見ると、ファイルからはみ出ていたおれの模試の結果シートがある。

「壮観だな、さすが兼古」

シートが父親に踏まれかけていた場面がよぎり、目がぎゅっと熱くなったのをごまかして過去問集のつづきをひらく。

「荻原も似たようなもんでしょ」

「いやいやとても」へー、へーと彼は感心した声をもらした。

べべさんがカレーライスをもってきてくれる。お茶のおかわりも熱いのをたっぷりくれる。荻原は模試の結果シートをぴらっとつまみあげていう。「べべさんこれ見よ」

「え、楯の？」

「だといいのに」

「なーんだ兼古くんのか。え？　……ぜんぶA？　すごーい」

おばさんはシートを表彰状でももつようにピンと張って眺める。「こんなのはじめて見ましたー！」

そ、そうですか、とおれは口のなかで小さくいう。

「優秀なんだあー。楯にいろいろ教えてやってくださいねえ」

「彼だいたいできてますよ」

「ほんとー？　そなの？」と、べべさんは息子の顔をのぞきこむ。荻原はあいまいに笑った。

「兼古くん、将来なにになりたいとかってあるんですか？」

「えっ」

「志望校、名だたるところばっかりじゃない。こんなすごい学校出て将来どんなお仕事につきたいのかなって」

「ええと」これはだれにもいったことのないことだった。「途上国の法整備支援に関わるのがあこがれというか……」

「はああ、そんなお仕事があるんですか」

「未来日本国は前世紀からアジア諸国の法制度整備に協力していて、成果を評価されてます。じっさいにその分野に携われるかはともかく、それが必要な世界であると意識しているのは大事なことだと」

「不勉強でぜんぜん知りませんでした」

「いえ」

「えっと、それって外国で働くってことですか？」

「これからならアフリカですかね。でもすごく道のりの長いことで——まず国内で弁護士資格をとるところから」

「すごいなあ、楯知ってた？」

「いや」と、荻原は湯のみのなかを見つめている。

べべさんがいなくなり、おれはふーっと息をつく。思いがけずたくさんほめられて、目がうるんでしまっている気がして、暑いあついといって首すじをぱたぱたあおいでごまかした。

「そんな夢だったとは。はじめて聞いた」と、荻原。

「だってきかねえし」

おれは茶を飲む彼をいまいましく眺めていう。「おまえはおれになんにもきかん。関心ねえってこと？」

「えーと、じゃあ」

「じゃあじゃねえよ」

「あはは」荻原は責められなれてる感じでにくらしい。笑顔でおれをいなしていう。

「水泳は何歳からやってる」

「小一から。五年まで選手コースにいた」

「親が熱心なの？」

「いや、ぜんぜん関心ない。ていうか教育とかそういうことじたい」

「塾は？」

「いきたいっていったらいかせてくれるけど、向こうからは放任というか。だからおれが自分で自分に必要なものを見つける感じ」

「それで兼古みたいのが育つのかー、奇跡だな」

「もっと質問こいよ」おれは両手でカモンと手招く。「おれのこと知りたくないか。なあ、おれのこと知りたくないかってば」

「んん」と、荻原はスプーンをくわえてうなる。

「おれがいままでとった資格とかすきな音楽とか映画とか食いもんとかむかしのことと
か休みの日のすごしかたとか、質問なんか百くらいすぐ浮かぶだろ」

「そういうのはおいおいわかればいいんじゃないの」

「もう、なんだよ生ぬるいな」

荻原はおかしそうに目を細め、「おまえってへんね」

「え?」

「学校じゃ俺のこと無視ぎみのくせに」

「えっ」皿のふちの福神漬けを箸で拾えない。「む、無視なんて」

「話しかけてもスーッといなくなる。関係ないみたいな顔してさ」

「だってほら、みんなの荻原って感じじゃねえ? 学校だと。おれが入るすきないって
いうか、いまさら入ったらわるいっていうか、遠慮して」

「うそつけ」

荻原は言下に否定する。

「それは遠慮じゃなくて独占欲の強さのうらがえし。みんなとおなじじゃ我慢ならない
という」

本心をいい当てられ、動揺のあまりカレーをもどしたくなってしまう。

「そういうわけね」荻原は湯のみに茶をそそぎわけてすすり、「うまい」としみじみいった。

「そうだとしてそうだとして」

「え？」

「おまえはそれをわかって、おれをどう、どっ、どう」

「どうどうどうどう」

「馬じゃねえよッ」

夜中、寝静まった荻原家を出た。

「息白《しれ》えー」おれは頭上にぽうぽうと息を吐く。自転車をとめさせてもらった倉庫に入る。

「待て」見送りに出てきた荻原が、玄関に引っこんでまた出てくる。手にはマフラー。いつも彼が巻いているマフラー。それをおれの首にくるくると巻いてくれる。

彼は笑っていう。「かぜがはやってっからなー」

すぐには言葉が出てこず、手から端末がすべり落ち、拾おうと背をかがめると路上に涙がぼとぼとと落ちた。きょうこの家にきてから、何度かこらえていたんだが。

「ああ」

ジャンパーの袖で顔をぬぐう。ジャンパーは水をはじく素材で、涙がひろがって顔ぜんたいが冷たくなる。これからおれを待っている環境を思うと体から力が抜け、かたちを保っていられるのがふしぎなくらいだ。自分を見放してしまいたいおれを、荻原は拾いにくるように抱きしめた。

おれは鼻の詰まった声でやっという。「どうしておれなんか？　おまえはぜんぶもってるのに」

彼はおれの頭を自分のほうへかたむける。「そんなこと思うなよ」

声が出ないまま涙だけがひどく流れつづける。荻原の髪や首すじを濡らしてしまうのが申しわけないと思いながら同時におどろいている。こんなに近くにくることができるんだったのかと。この世の美しいものから遠く切り離されているおれが。

マフラーからただよう荻原の家の匂いと荻原の匂い、洗剤の匂い、羊毛の匂い。幾種類もの匂いは情報の層のようになっていて、それらのどれもがおれにとって善《よ》きもの、おれの求めるものだと思った。おれはこれらがあらわす世界がすきで、ここにいることをゆるされたい、愛されたい。

視界にすうっとライトの光がゆれ、向こうからシャーッと飛ばしてきた自転車が、おれたちに近づくにつれて徐行になってくるのがわかる。すれちがうとき最徐行になり、たぶんこっちを数秒凝視して、そして去っていった。

「荻原」

「うん」

「いまのは」

「近所の人」

「ごめん」

「おそいよ」と、おかしそうに笑う。おれもつられて笑う。

体を離すと透明な、温かいものに包まれているように寒さを感じない。

抱擁とは目に見えないコートを一枚着せてもらうことなのか。

足を踏みはずして転ぶ予感もして、あまり速く動くと体にのこるこの感じが消えてしまいそうで、おれは自転車を押して歩いた。


予備校の駐車場から見あげる東の夜空に、レモン形の月がのぼっていた。

授業の帰り、おれは駐車場でバイクを前に立ったまま数分逡巡《しゅんじゅん》している。

「どうしようかな」とつぶやき、胸に抱えたヘルメットの細かい傷を爪の先でなぞりながら考える。

まっすぐ帰宅するか、ファニーかもめでなんか食うか、それとも——荻原の家にいくか。

予備校のある未来稲荷町《みらいいなりちよう》駅からは自宅もレストランも彼の家も近くて、いったんバイクを走らせると一瞬でつく。なので乗るまえに行き先を決めておきたい。自分の心に正直になるのなら第一希望はもちろん彼の家だ。

「へぶし」

くしゃみが出た。十一月の乾いた夜風が首すじを撫《な》でてゆき、バイクウェアのフロントジップをのどもとまでしめた。かぜをひくわけにはいかないという声が頭のなかで聞こえて、どこへいくとも決まっていないのにふわっとバイクにまたがってしまう。

ふわっと。

荻原への恋を自覚してからのおれは地に足がつかなくて、自分の行動にあまり責任がもてない。道に出て車の流れに入ったときには、きょうはこのまま帰宅してしまうんだろうか、と、どこか他人《ひと》ごとのような気持ちでいた。しかし信号待ちでふと見あげた夜空に——獅子《しし》座《ざ》流星群の極大日が、ことしは来週二十日だとニュースで知ったのを思い出し——ああ、流星群をあいつといっしょに見たい、という願いが胸にあふれた。気がつくと、帰宅するなら直進せねばならないところを、またも「ふわっと」車線変更して右折動作に入っている自分がいた。

「体は正直だ……」

ヘルメットのなかでため息をつく。しかしすぐに、「いや、あいつにはやくあれをきかんと」と、彼に質問があったことを思い出して正当化する。ともかくおれは二十二時すぎ、荻原家に向かったのだった。

家の前から二階を見あげると、ふたつ窓があって、荻原の部屋と弟の部屋、両方とも明かりがついていた。きょうは彼のバイトの日ではないことは学校で確認してあった。ガレージにバイクをとめて玄関のベルを押す。グローブを脱いでリュックにつっこむ。

出てきたのはべべさんだった。

「あら。こんばんは」

「こんばんは」

べべさんは二階に向かって「たーてー、かねこくーん」と声を張る。べべさんは毎日のように家にくるおれをどう思っているんだろうか。もうなにもきかずに彼を呼んでくれるけど。

兼古、と声がして、見あげると階段から荻原が降りてくる。彼は胸に猫のキャラクターのプリントがついたミルクティー色のスウェット上下を着て、暖かそうなオレンジ色の毛糸の靴下をはいていた。

「塾?」と、荻原。

「うん」と、おれ。

おなじ高さにあるその瞳と目があうと、おれは自分がやっと正しい場所に、自分のいるべき場所に接続されたような安堵《あんど》をおぼえる。

「あがって」といい、彼は背を向ける。

彼のあとについて階段をのぼり、部屋に入る。

「寝てた？　部屋の電気ついてるから寄ってみたんだけど」

「漫画読んでた」

二段ベッドの下段の枕もとには漫画の本が五冊ほど積まれ、一冊ひらいて伏せてあった。彼はたいていバイトか漫画か寝ているか。高三のこの時期にもまったく勉強をしている気配がない。彼も大学にいくとはいっていたが、志望校はわからない。おれとちがうことはたしかで、知ったところで切ないだけなのでなんとなくその話題をさけていた。未来のことはともかく、おれは、いま、彼との距離を縮めたい。卒業までになんとかして友だちいじょうの関係にもちこみたい。

荻原はテーブルをひろげてくれる。おれはその前に正座する。

「きょう寒いなー」

彼はそういって小さなストーブをつけ、二段ベッドの上段にひっかけていた半纏をつかんで羽織った。そして、テーブルに上半身をぺたんと伏せて「さー、むー、いー」とつぶやいた。あまりにも可愛いものを至近距離で目撃し、ザーッと全身が総毛立つ。ここにクラスの女どもがいたなら「ギャーッ！　タッティー可愛いーッ!!」と大騒ぎになる場面だ。いや、あいつらを引きあいに出すまでもなく、いまではおれの心が大騒ぎだ……。

　卒業まで関わりたくなかったはずの人間が、いつのまにか、毎日会いたい人に変わっているふしぎ。いまでは荻原の声を変だという悪口を聞こうものなら、即座に脳内で「変なのは貴様のほうだこの腐れ耳が」といいかえしている。

　馬力のないストーブで部屋が暖まってきたころ、べべさんがきた。赤いチェック柄の大きな魔法瓶と、きょうは、サンドイッチののった皿をもって。

「ゆっくりしてってね」と、べべさん。

　予備校のあとでここにくるといつも夜食をごちそうになってしまう。おれはべべさんに、いつでも腹を空《す》かせているという印象を与えているようだ。そろそろこの家に家賃と食費を納めるべきじゃないか。

　サンドイッチはピーナッツバターとチョコレートクリームの二種類だった。魔法瓶には紅茶。荻原がふたつのカップにそそぎわける。

　きくならいまだ！　という声が頭のなかでした。

「あ、あのさ」

「うん」

「おまえ自分の生まれた時間ってわかる？　何時何分まで、正確に」

「朝六時ちょうど」

「あッあさろくじちょうど？」まさか即答されると思わず、反射てきにききかえした声は裏返っていた。

荻原は笑う。「なんその声」

「いや、だって、知ってると思わんくて。自分の生まれた時間」

「知らないと思いながらきいたのか」

「あとで親にきくか、母子手帳でも見といてもらおうかと」

「べべさんがよく俺の生まれたときの話するから覚えた。なんでそんなの知りたいの」

「ちょっと」

「ふうん」

といって、手近な漫画本に手を伸ばす荻原。おい、あきらめがはやすぎねえか。もうちょっと食いさがりやがれ——と、内心文句をいうおれ。

彼はおれにあまり関心がないらしいこと。いつもはそれがさびしくてむなしさにおそわれるところだが、いまは彼の生まれ時間という貴重な情報を獲得したので、まあよしとする。

おれは勉強するふりをして、テーブルにテキストなんか出しつつ、端末で人気占い師の西洋占星術サイトをひらいた。ここで詳細な相性診断をするのに、ふたりの正確な生年月日時と出生地のデータが必要だったのである。おれは二〇三七年九月二十二日生まれの乙女座。彼はその翌日の二十三日で天秤座。ふたりとも生まれたのは都内の病院。

べべさんに本を見せられたのをきっかけに、ひさびさに雑誌の占い記事なんぞを気にするようになっていたが、すぐにそれではものたりなくなった。正確なデータから算出されたそれぞれの性格や資質、そして相性診断の鑑定結果を読んでいるとあっというまに時間がたつ。

なんといってもそこには、おれがこの地球上でだれかをすきになれたことを祝福し、おれの恋がうまくいくことを祈り、おれと荻原の未来について語ってくれるメッセージがあるのだから——それがたとえあらかじめプログラムされた言葉であっても。恋愛相談できる友人のひとりもいないおれにとって、この恋を励ましてくれる存在は占いサイトだけだった。

足の甲がこそばゆくて、テーブルのしたでかこうとしたら、おれの足をくすぐっていたのは荻原の足で、そのつま先にふれ、びっくりした。

「なッなななに」

「べべさんが、そろそろ帰らなくて大丈夫か、って」と、彼。

時計を見ると深夜零時が迫っていた。

「ごめん、こんなに長居するつもりじゃ」

「兼古、勉強してないな？」

おれのテキストがまったくすすんでいないのを見て、荻原は笑う。

そこでもうひと声、「なにしてたんだよ」ときいてくれないか。そうしたら、おれとおまえの相性を調べてたって教えるのに。

しかし彼はその先をたずねることはなく、立ちあがって伸びをした。そして、「きたときより寒くなってるよ、これ使いな」といって、壁にかかっているブレザーから取りだした鯛焼《たいや》き形のリユースカイロをくれた。

「あした返す」といっておれは受けとる。

寝しずまる荻原家の階段を、彼とおれはきしませぬよう忍び足で降りる。年季の入った手すりは明かりのしたで飴色《あめいろ》に光っている。それを撫でつつ降りながら、またここにこられますようにと心のなかでつぶやいていることなんて、彼は知らない。

そっと引き戸をあけておもてに出る。

「おやすみ。安全運転で」と、荻原。

「じゃあまた」と、おれ。

バイクでさいしょの角を曲がると、ポケットからカイロを引き抜いて鯛の目玉のボタンを押した。バイクウェアの襟をひらいてシャツの胸に収める。じわじわと左の胸が温かい。これを彼のぬくもりだと思って家まで走ろう。

たいしておれに興味もないくせに、帰りぎわには優しいことをして期待をかきたてる。

荻原っていつもそうだ。

優しくしてくれるのはおれを特別だと思ってくれてるから？

――いや、寒い夜道をゆく友人にカイロを渡すくらいとうぜんのこと。

じゃあ、じゃあ、毎日のように家に押しかけるおれを拒まないのはなんで？

――おまえの家は落ちついて勉強できる環境じゃないから、それが気の毒だから。

脳内で、荻原との架空の問答が始まって苦しい。

彼がおれを受け入れてくれているのは、うちの親が不仲で家のなかが荒れていることへの同情、あわれみ……かわいそうだからつき放せない、そんな気持ちからだとしたら。

占いによると、彼のプライベートな素顔は「同情できて相手に共感しやすく、困っている人を助けたい性質」などと書いてあった。マイペースでクールそうに見えていただけに、いがいに感じたが、それを読んで、やっぱりそうなんだろうかと心が沈む。

リユースカイロは一時間もすると冷めてしまう。おれは鯛の目を押して温めなおし、胸に押しあてて彼の真意を想う。

十一月なかばの朝。

きょうもきょうとてけんかにいそしむ両親をかるく仲裁し、家を出た。登校まえのしんどいひと仕事だ。

「神さまどうか、がんばったおれにいいことをください！　できれば荻原でお願いします！」と唱えながら校舎に入るおれ。

荻原ンランランランランランランラン……と、彼の名を口のなかで歌いつつ、胸の高鳴りのままに一段飛ばしで階段をのぼり、教室が近づくと彼のすがたをさがす。

学校での彼はたいてい友人たちとつるんでいるか、彼をかまいたがる女子たちにとりかこまれていて、ひとりでいる彼をつかまえるのは至難のわざだ。おれのほうはつねにひとりで、いつ話しかけられても応じられる態勢だというのに。

教室の廊下側の席から窓ぎわの席の荻原を見ていると、彼がこっちに気づいて「よう兼古」と片手をあげたのが、取り巻きたちのすきまから見えた。すると、彼にくっついている女たちのひとりがおれのほうを見て「さいきんキャネコこっち見てない？」と、聞こえるように声を張っていった。おまえを見てんじゃねえよ自意識過剰女、とおれは内心毒づいて、端末を起こし、購読を始めた占星術ニュースレターを読む。

荻原のまわりの女たちは無礼者がおおくて、おれのことをキャネコだのバイブ（鞄のなかで歯ブラシのスイッチが入って振動していたため）だのとふざけた呼びかたをする。

男どもも乱暴で下品な奴らで、体育の授業で柔道をやったときなど、荻原と組みあうときには彼の道着をやたらと引っぱってはだけさせたり、寝技なんて習ってないのに強引に彼を押し倒したりとふざけてばかりだった。

寄ると触るとどうでもいい話ばっかの馬鹿どもなのに、どうして荻原と仲よくできるのか。荻原も荻原で、どうしておしゃべりの相手がおれじゃなくてあのくだらない連中なのか。このクラスで、いやこの学校で、特別なのはおれなのに。おれだけなのに。

その日、荻原に接触できたのは昼休みの後半二十分ほどだった。弁当を食べおえて水飲み場から帰ってくる彼を廊下でつかまえた。

「よう」さりげなく、ぐうぜんをよそおって声をかける。

「よう」と、彼はハンカチで口を拭いながら。

「これ、どうも」

おれは鯛焼きカイロを渡す。彼は微笑して受けとる。

毎朝配信されるニュースレターには、本日の星の配置によるさまざまなアドバイスが書いてある。片想い中のおれはなんといっても恋愛運、恋愛成就のための行動ポイントが知りたい。きょうのアドバイスは「ライトでオシャレな愛情表現、ドラマみたいなシチュエーションやセリフで誘ってみて」と書いてあり、読んだとき、ハードルが高すぎて目が泳いでしまった。つづいて「すでに本命がいるあなたは、心に響く、しっとりとした濃厚なやりとりもＯＫ。嫉妬深くなりがちなので注意」とあった。これならできる。総合すると、爽やかに接近し、荻原の瞳を見つめていちずな気持ちを伝えられる――きょうはそんな星回りだと解釈した。

しかしあまのじゃくなおれの口から出た言葉は、「おまえさあ、おれの生まれた時間もきけよ」だった。

「え？」彼は目をしばたたかせる。

「荻原六時ちょうどだろ？　おれ夜中の二時二分」

「ああ――で、けっきょくなんで生まれた時間なんて知りたかったの？」

「これこれ」

おれは彼を廊下のすみに引っぱって、端末を見せた。

「生まれた場所と、生年月日時まで正確にわかるとかなり具体てきな相性占いができる」

「相性？　だれとだれの？」

「おれとおまえの」

「へえ」

「たんてきにいうと、相性はあまりよくねえ。べべさんの本なんか三十点って書いてあったし」

「百点満点の三十点?」

「そう」

荻原はすこし考えて、いう。「七十点ぶん伸びしろがある」

「そう、伸びしろ! それがいいたかった」

彼の言葉がうれしくて、思わず小さく跳ねてしまうおれ。

午後の始業チャイムが鳴った。あちこちに散っていた生徒たちが廊下に流れこんでくる。

「こんやもいってかまわない?」と、おれは教室にもどりながらたずねる。

「きょうはバイト」と、荻原。

「そう……」

おれの声がくぐもったのを察したように、彼はふりかえる。

「もう一日貸そう」

そういって彼は、おれのブレザーの胸ポケットに鯛焼きカイロをすべりこませた。

別れぎわに優しい荻原に、おれはここでも翻弄される。にやけそうなのを必死でこらえていう。

「心臓が守られるみてえ」

「心臓はそんなに左じゃないよ」と彼は笑って、おれの胸の真ん中あたりを優しくノックするようにふれた。
「わ、わかってるけど」
不意のボディータッチにときめきが激しすぎて、そう強がるのがせいいっぱいだった。
殺す気か。おれを殺す気か荻原。
午後の授業が始まった。脳内では妄想がはげしいいきおいで展開されてゆく。
——おまえはおれのほしいものをぜんぶもってる……。
荻原に訴えるおれの声は、自分でも甘えているなと恥ずかしいくらい。
——そう見える?
その響きに気づいていたとして、彼はいつもどおりクールだ。
——見える。
——なにかな。俺がもってるものならなんでもあげるよ。
——おまえ自身。
——俺か。
——すきなんだ。もうとっくに、とっくにわかってると思うけど。
——兼古はわかりやすいよねえ。
——うるせえ。おまえはどうなのよって。
——ンー、そうね……。

想像のなかでさえ、願うように動いてくれない荻原よ。それはいつものことで、彼とのことを妄想しようとするたびにうまくいかなくて煩悶《はんもん》する。こっちの都合では彼の心をどうこうできないとおれはあきらめているようで、あきらめているもののその先を、人は想像できないらしい。

しかしなんでだちくしょう、べつにこのとおりの現実になれといってるわけじゃないんだ、おれの頭のなかくらいおれに主導権とらせやがれ。すきにさせやがれと荒あらしい気持ちにもなる。

——おれもほかの奴らとおなじ？　こんなに優しくしてくれるのにほかとおんなじじゃ、こっちは混乱する。

——そういうわけでは……ねえ。

荻原は笑って、つれない。その優しい顔とうらはらにするどく尖った犬歯、そっちがおまえの本性なんじゃないのといいたくなる。

——どうすればいい？　どう変わればいい？

——んん……。

ああ、いってくれよ荻原、妄想のなかくらい一回くらい、たがが吹っ飛ぶような、理性が溶け落ちるような甘いことといってくれよ。

——なんでもする、どんなふうにも変わる、というか変えてくれ。荻原に愛されるおれに変わりたい。

――いいよ、おいで兼古。

顔にぴりぴりする刺激を感じた。それが妄想のなかのことか現実の感覚か、二秒くらいほんとうにわからなくて頭が空白になる。教室はしずまりかえっており、クラス全員がおれをふり向いて凝視していた。教壇から古文教師が「兼古くんならかんたんでしょう！」という。

「え」おれはペンを取り落とし、ただの棒きれとなって転がっている端末を起こす。

「聞いてなかった」

授業に関係ないことを考えていることはしょっちゅうで、でもいつもは教師の話も耳に入っていて、いきなり当てられてもなにをきかれたかの見当はつく。しかしいまは全身全霊で妄想に耽《ふけ》っていて皆目わからない。

生徒がざわざわいうのをしずめるように、教師は咳ばらいしていう。

「もう一篇、この青山一髪《せいざんいっぱつ》に似た言葉を使った詩を知らないか？　兼古くん」

おれは端末の画面に教科書を出して立ちあがり、「頼山陽《らいさんよう》でいいですか」

「いいよお、吟じて」

長身の古文教師は厚い胸の前で太い腕を組み、長い足を肩幅にひらいて、ほくほくした顔でいう。

「雲か　山か　呉《ご》か　越《えつ》か　水天髣髴《すいてんほうふつ》　青一髪《せいいっぱつ》　万里《ばんり》　舟《ふね》を泊《はく》す　天草《あまくさ》の洋《なだ》　煙《けむり》は篷窓《ほうそう》に横たわりて――」

おれが頼山陽の『天草洋《あまくさなだ》に泊《はく》す』をそらんじるのを、がたいのいい教師は目をとじてうっとりと聴いていた。

暗誦しおえると、教師はしみじみいう。

「兼古くんはさ……」

「はあ」

「声がいいよね……」

教室にどっと笑いが起こる。

「で、この詩に出てくる太白《たいはく》ってのは、なんだろう」と、教師。

「金星」と、おれ。

「はい正解。ありがとう」

着席し、金星って、占いでは恋愛の星だったなと思いながら、おれは端末の教科書をとじて占星術ニュースレターをひらく。

なかなかノーマークにならない荻原を、彼が放課ごに掃除当番を終えるまで待ち、校舎の玄関でやっとつかまえることができた。

「荻原」

座って靴ひもを結ぶ彼が顔をあげる。「おう」

「あ、あのさ」

このあと遊べる？　こんやは会える？　ときいて、数日連続で断られていた。バイトがおそくなりそうだからとか、友人たちと麻雀《マージャン》するからとか、女子たちと買物にいくからとか。

きょうも断られたらつらすぎる。そのおそれからか、彼にかける声も小さくて、自信のなさがおもてに出てしまうのを自分ではどうしようもできなかった。

「荻原きょう、これから」

「バイト」

「そうか……」

彼の横にぺしゃんとつぶれるように尻をついて、のろのろと靴をはき替えるおれを、荻原は待っていてくれる。そしていう。

「バイトだけど」

「えっ」

「また待ってれば？」

「いいの」

「うちで勉強するとはかどるんだろ」

「は、はかどる」

「じゃあそうしな」といって、荻原はおれの頭をわさわさと撫でた。

こんやも部屋にいてもいい――さっきまでの落ちこみはどこへやら。全身が歓喜に浮足立って、彼にふらふらとついていくおれ。

その美しい横顔を見つめながら歩き、ふと気づく。

「もしかして、ひどい顔してた？」と、おれ。

荻原は笑う。「うん、なかなか」

「ごめん」

おれは彼の優しさにつけこんでいるのだろうか。

でもおれだって、自分がまさかこんなにねちっこい人づきあいをする人間だとは思わなかったんだよ、だれかと毎日会わなきゃ気がすまないとか、相手の気持ちがわからないままつきすすんでしまうとか。そんな馬鹿なこと自分がするわけがないし、望むはずがないと思ってた――。

「荻原先輩！」

玄関を出たところで、彼を呼びとめる声があった。ふり向くと後輩らしき女子ふたり組がいた。ひとりは真っ赤になってうつむくストレートロングヘア、もうひとりがはきはきしたようすのショートカットで、声をかけてきたのはショートのほうだった。

「ちょっと時間いいですか？　お話ししたいことがあって」

と、ショート女子は、逃げだしそうに腰が引けているロング女子の手をつかみながらいう。

「いいよ」と、なれたようすで荻原は答え、おれを見る。

いったいおれはどんな顔をしてたんだろう。彼は「じゃあ、家で」といいのこし、後輩女子につれられていった。

彼の部屋にたどりついたものの、どうやって学校からここまできたのか思い出せないありさまだった。バイクできたのにその記憶がないなんて危険すぎる。彼のことで動揺しているときは運転はやめたほうがいいかもしれない。

テーブルには、べべさんがおいていってくれた赤いチェック柄の魔法瓶とロールケーキ。しかしそのどちらにも手をつける気になれず、おれは床に転がって空気中の微細なほこりを目で追っていた。

人気者をすきになってしまったのだとわかっているつもりだった。しかし目の前でかっさらわれることが、こんなにつらいとは。ロングヘアの子は可愛くて美少女といってもいいくらいだった。外見てきに荻原とつりあうのはこういう子だと思ってしまった。

負けたと感じて、凍りついてなにもできなかった自分。

彼と遊べない日々がつづいてつらく、彼に部屋にいてもよいといわれて舞いあがり、彼を美少女につれていかれてまたつらい。

嫉妬の感情が体の内側を焼いていくのを、床のうえでただ味わっている。たしかにこれは大量の体細胞を殺していく痛みだなと思う。つらいことならこれまでたくさんあったはずなんだが。胸に新しい痛みの記憶が刻まれていくのを感じながら宙を見あげる。

「おれは、嫉妬が、すごいな……」

彼をすきになってからつぎつぎあらわれる自分の新しい顔、自分でも知らなかった自分の本性。寂しがりで臆病で嫉妬深く、だれよりも特別だといってほしい承認欲求のかたまりだ。

いつのまにか泣いていたようで、気づくと顔がぬれてボワッと腫れている感覚があった。腹の底から震えが起こって大きなくしゃみをした。まだストーブをつけていなかったことに気づく。

眼鏡をはずして目をこすり、鼻をかみながら寝がえりをうつと、ベッドのしたにオレンジ色の毛糸靴下が片方落ちているのを見つけた。裸眼でも気づけたのは、暗がりに小さなほのおが燃えているようだったから。奴がこのあいだはいていた毛糸のルームソックス。おれは手を伸ばしてそれを拾うとほおに押しあてた。

こんなに人をすきになる力があったとは。おれは自分をなめていた。

靴下を胸に抱いて考える。奴が帰ってきたらおれはどうすべきなのか。後輩女子たちとなにがあったか、きかないほうがいいのか。そうだ。むこうからいいださないかぎりはこちらからはきくまい。彼女たちの「お話ししたいこと」の内容なんてわかりきっているし、それを知ってもおれにはなんのメリットもなく傷つくだけなのだから。

彼がいないときのおれは賢い。占星術による「自分の性格」や「きょうのアドバイス」を思い出して、あれはやろう、これはやめておこうと作戦を立てられる。しかしじっさいに彼を目の前にしたおれというのは――、

「あの子たちなんだって？」

バカなのだ。あとさきの考えられない馬鹿になるのだおれは。それを知ってメリットがあるかなんてどうでもいい。もう知りたいから知りたい。

バイトから帰った荻原は、部屋でおれといっしょにチャーハンを食べている。そのようすはいつもとすこしも変わらない。

彼は大きなスプーンを口に運びながらこともなげにいう。

「告白された。髪の長いほうの子に」

「なんて」

「なんてって、告白ってみんな似たりよったりじゃないか……って、おまえなんでそれ

はいてんの!?」

　荻原は、おれが片方だけのオレンジルームソックスをはいているのに気づいて噴きだす。

「あははッ、ハハハ」

　彼がこんなに笑うのはちょっとめずらしいというくらいの爆笑ぶりだった。

「失《な》くしたかと思ってた。どこにあった？」

　おれは無言でベッドのしたを指す。

「ハハ、ハハハ、兼古がはいてる、かたっぽ」といって、スプーンを投げだして笑い転げる荻原。

「馬鹿野郎」

「ハハハ」

「馬鹿野郎ッ！」

「アハハハ」

「この馬鹿ッつってんだよッ！」

「ハハ、なに怒ってんの」

「それでおまえはなんて答えた」

「つきあってる人はたくさんいるって答えた」

「ハアッ!?」おれは思わずひざ立ちになる。「たくさんん?」

「そう答えるとびっくりするみたいで、たいていあっさりあきらめてくれる」

といって、荻原は赤いお椀のふちに箸をそえ、美しいしぐさでみそ汁を飲む。

「そ、じゃ、そ、それ……えーっ、ええーッ?」

「ハハ、変な声」

「ほんとはいないよな? つきあってる人なんて」

おれとつきあってるんだよね? といえる関係では、まだないのがつらいところだ。

「いない」と、荻原は微笑して漬物をつまむ。「興味ない」

「興味ない……恋愛に?」

「ない」

「そんなにもてんのに?」

「なにをもってもてるというか。話しかけやすいだけだろう」

という彼は、告白されることなどなにほどのことでもないというかのように。

「じゃあ、じゃあ大勢のなかのひとりになるんでもいいからつきあってっていわれたらどうすんの?」

「いまのところそういうツワモノはいないけど」

「………」

こいつそんなうそも平気でつくのか。おれは若干怖気《おじけ》づきつつもいう。

「はなから振るつもりだったんなら、そもそも呼びだしに応じなきゃよかったじゃねえか。告白させるだけさせておいてうそで追い払うなんて」

「話があるっていうんだから、いいたいことはいわせてあげたらいいじゃない。告白してだめならあきらめもつく。告白しないで終わると思いのこすことになる」

「ひでえ理屈。あの子がかわいそうだ」

「兼古には関係ない」

関係ないだって？　この悪魔この悪魔、悪魔悪魔悪魔、おれの気持ちに、とっくに気づいているくせに！　もう口のなかが麻痺《まひ》してチャーハンの味がわからない。

「いいか荻原、おまえのしたことはふたりの人間を傷つけたんだよ。あの子にむだな告白をさせたし、おれをひとり置き去りにしたし」

「むだなことなんてこの世にひとつもない。兼古には家でまた会う約束をしたんだから置き去りじゃない」

荻原は食べおえた食器を重ねながらいう。

「それに、俺を責めたいなら『あの子がかわいそう』だなんて彼女を巻きこまないで、おまえの心の事実だけいうといいよ」

「…………」

おれはこうべをたれ、彼のしなやかな手が視野の上部で魔法瓶のふたをキュルキュルとあけ、紅茶をそそぎわけるのをうわ目づかいで見つめる。

「すごく嫉妬した。もうあんなことしないでほしい」

正解、というように荻原はうなずく。おれはテーブルに身を乗りだしていう。

「じゃあもうしない？　明らかに告白だってわかる呼びだしにのこのこついていかない？」

「そのときはそのとき」

「なんだよ正直にいわせておいて」

おれはテーブルのしたで彼の足を蹴ってやる。

「おれ嫉妬したんだよ、嫉妬して嫉妬してもうほんとすげえ嫉妬したの、学校からどこをどうやってここまできたのか記憶飛んでるくれえに」

「ハハ」

にくらしい荻原よ。しかし嫉妬であれ怒りであれみっともないおねだりであれ、正直な欲求をストレートに表現することはとても気持ちがよかった。ふしぎなことに、「嫉妬した」と告げるたび、元気になっていく自分がいるのだ。

「本心を口にするって快感……」

マグカップのなかの澄んだ紅茶を見つめながらつぶやくと、そうだろうというように荻原はにこにことする。

「兼古は正直でいるといいよ」

ようするに荻原は「安心して俺をすきでいなさい」といってくれているんだと、そんなふうに思うことにした。こんな悪魔に惚《ほ》れているんだから、おれも図太くならないと。

そのとき、テーブルのうえに出していた端末にニュース受信のメッセージが流れた。

「めずらしいな夜に。いつもは朝にくるんだけど」と、おれ。

「なにが？」と、彼。

「占星術ニュースレター……の、あ、号外だ」

「占いか」

荻原は占いに関心がないようで、おれが熱心に説明しても、「そうかもしれないし、そうじゃないかもしれない」とかいって、あまり同意しない。

もしかしたら彼は柔軟な性格のようにみえてけっこう頑固なのかもしれず、ふにゃふにゃした彼のなかにいがいな芯を感じられるのがぞくぞくして、わざと占星術の話題をふる自分がいる。

「あっ、なあ、これから未明にかけて獅子座流星群が極大のときを迎えます、だって。未来東京地方の天気は晴れ。すばらしい天体ショーを楽しむことができるでしょう、って」

「獅子座流星群。そんな季節か」

「これから観《み》にいかねえ?」時計は二十三時をすぎたところだった。

「うちの物干し台から見えるんじゃないかな。このへん夜は暗いし」

「見たい」

「いこう」

押し入れから毛布を二枚出し、座ぶとんと魔法瓶をもっておれたちは荻原家の物干し台にのぼった。となりの家の壁に面した四畳ほどのスペースからは、狭いながらも星空がよく見えた。おれたちは座ぶとんをならべて座り、それぞれ毛布にくるまる。

「獅子座どっちだ」と、おれ。

「こっち」と、荻原が指す。

しみるような夜風が吹くたびにしぜんと身を寄せあう。毛布ごしに伝わってくる彼の肩の硬さや腕の動き。「寒いって素敵だ」と、おれは口のなかでつぶやいた。

「あ」さっそくの流れ星に、荻原が白い息を吐く。

「うん」おれはうなずく。

ひとつ流れふたつ流れ、十をすぎたあたりから数えるのをやめ、星が流れるのをただ見あげた。

マグカップはもってこなかったので、ふたをあけた魔法瓶にじかに口をつけて紅茶を飲む。彼が飲んだあとに唇をつけると注ぎ口のステンレスが甘く柔らかく感じられた。

「あのさ」と、おれ。

「うん」と、荻原。

「感謝してるんだけど——伝わってる？　ほとんど毎晩、おまえの時間もらってるから」

「俺も楽しいよ」

「ほんと？」

「兼古が教えてくれなかったら、流星群きょうだって気づかなかったかも」

「でも、ひとりになりたいとか、きょうはこないでほしいとか、そういうときは正直にいって」

「うん」

「じゃまになりたくないんだ。ほんとにいえよ？」

「いう」

「荻原って、いいよいいよってずっと受け入れてくれながら、いつかがまんが限界に達して、いきなりもうにどと会ってくれない、とかになりそうで」

「べつにがまんしてないけどな。俺もよくわからない、兼古みたいな奴はじめてだから」

どんなふうにおれはおまえのはじめてなの？ と、期待をこめてつぎの言葉を待つおれに、彼がいったこととは。

「こんなしつこい人見たことない。しつこさがおもしろい」

「なにそれ……」

「兼古ってさ、自分を売りこむみたいに、おまえのこと教えてくれようとするけど。おまえが自分で気づいてない部分とか、自分で認めてない部分もおもしろいんだよ」

「おれの——自分で気づいてないところを、おまえは見てくれてるってこと？」

「わりと」と、荻原は笑った。紅茶で温まった息がますます白い。

それからしばらく、「すごいな」「すごい」と、おれたちは肩を寄せて空を見ていたが、そのうち「すごい」とすらもいわなくなり、空を見て、紅茶を飲んだ。

言葉で伝えあいたいのに、もっと言葉がほしいのにと、彼の態度をものたりなく思っていたけど。もしかしたら、言葉がいらなくなるってすごく幸福なことなのかもしれない。生まれてはじめてそう思いながら、ものいわず流れ、燃えていく星たちを見ていた。


十一月下旬、帰りのホームルームで、未来東京都内のプラネタリウム共通招待券をもらった。生徒各自の学校用端末に、教壇の馬から一斉送信されたのだった。

「というわけでー、都内の、えーと、ことしは十五の加盟施設で使えることになってます。科学館併設のところはそっちも入場できます。この時期恒例のプレゼントだな。受験勉強の息抜きに星を見るのもいいんじゃないでしょうか、っと。さてつぎは」

馬は保護者向けの配付物の話題にうつる。

だれといく、いっしょにいこう、と、端末に入場券を表示させて生徒たちが色めき立っているなか、おれは廊下側前方の席から、窓側後方の席の荻原を横目で視野に入れる。都内の公立中高生が毎年冬にもらえるプラネタリウム券で、中学から高一までは父親とふたり、二年のときはひとりでいった。三年のさいごの回くらいすきな人といきたい。

こっちを見ろこっちをみろと念じるのに、荻原はぼんやりしている。すると彼の前の席の男、笑谷《えみたに》がパッとふり向いて、いうではないか。

「楯いこ、つぎの土日どっちか」

その言葉が耳に入ったとき、おれは思わず腰を浮かしかけていすがガタッといった。荻原はにっこり笑って「うん」という。すると周囲の、彼のいつもつるんでいるグループの面めんが「おれもいく」「おれも」と盛りあがる。

ちょっと待て！　ちくしょう席が遠いばかりに出おくれた！

その券は、おれとだろ、おれといくんじゃねえのかよ荻原！

起立、礼、とあいさつがすんで、全員がたがたと席を立つ。荻原と笑谷、薬師《やくし》、イギリスからの留学生ツンドラの四人が、教室にのこって週末のプラネタリウムゆきの予定を詰めているのを廊下から耳をそばだてて聞くおれ。

「じゃあ土曜の十一時、ヒイヅルツリーのウラヌス・テラスで待ちあわせね」と、薬師の太い声。

「プラネタリウムって一時間くらい？　終わったらモンジャタベホーいきたい」と、日本語も流暢《りゅうちょう》なツンドラ。

そこで笑谷の端末のいまわしい着信音が鳴り、おれは胸に青黒い墨がどばっとひろがる心地がする。

「あ、林《はやし》たちもいきたいって。いいって返事していい？」と、笑谷。いいよ、いいよーと男たちが肯《うべな》う。

いやな予感は的中……林たちというのは荻原ファンのなかでもコアな女子三人組で、これがまたひどくうるさくて品を欠いた連中だ。この、未来浅草高校三年一組の七人グループでぞろぞろと、ヒイヅルツリーのウラヌス・テラスだのプラネタリウムだのもんじゃ焼き屋だのを移動するのかと思うと、キラキラで楽しそうで——いや、騒がしそうで話題も低レベルにちがいなく、そんななかでおれのすきな人が笑っていると想像するだけでむかつく。

四人はやっと教室から出てきて、階段を降りてゆく。荻原はどんぐりのようなニット帽をかぶっていた。うう、可愛い、べべさんの手編みであろう帽子。

ジャンパーを着てマフラーを巻いたおれは、つかず離れずの距離で四人についてゆく。寒風吹きこむ玄関に出る。いつもならバス通学組の笑谷とツンドラがここで別れ、自転車通学の薬師も別れて荻原ひとりになるのに、きょうは四人でどこかに遊びにいくらしく、彼に話しかけるチャンスはついになかった。

彼と接触できなかった日の学校は、「はずれ」だ。

バイクに乗って校門を出て、五分ご、おれはファニーかもめネオ雷門通り店にいた。視界に柱や壁が入らず窓だけに面した、気に入っている席に座れてラッキー。

荻原の家に遊びにいくようになるまえは、放課ごはファニーかもめにきて、はやめの夕食をかねて予習したり問題集を解いたりするのが日課だった。予備校帰りに寄って夜食を食べていくこともある。中学からおよそ六年、週に何度も通っていて、レギュラーメニューを制覇してしまって久しい。

きょうの予備校の授業は数学と物理と英語の三こま。それが終わったら——彼に会いたいな、と、かき鍋定食の縮んだかきの身をポン酢にひたしながら思う。

窓の大きなロゴマークの裏面ごしに、冬の街なみを眺める。このあたりは観光客がおおく、通行人が皆楽しそう、幸せそうに見える。

カレンダーはもうすぐ十二月。

十二月……。

ため息が出る。どうしてもっとはやく荻原に近づかなかったんだろう。二年からおなじクラスで、その気になれば仲よくなるチャンスはいくらだってあったろうに。奴をきらいだと思いこんで一年半もむだにしてしまった。

みんながすきなものを自分もすきというのを、認めたくなかったんだと思う。自分は特別だ、そこらの連中とは目のつけどころがちがう、なんて自負していたから、けっきょくみんなのアイドルがすきというのはどうにもがまんできなかった。

しかしいまとなってはもうアイドルずきでけっこう、ミーハーとでも面食いとでもなんとでもいえ。間近で見たときの荻原はほんとうに綺麗なんだ。教室で笑谷たちとじゃれあっているのを遠目に見ても、彼が、彼だけがキラキラと、まるで三百年も未来からきた人のように軽やかに輝いている。さらにふたりきりで、彼の瞳のなかに自分が映っているのが見えるくらいに近づくと、日常のいやなこともこの胸をふさぐものもすべて消え去り、「こっちがほんとうだよ兼古」といわれているような陶酔感で満たされる。

そんな魔法の時間が始まる。

ああ、こんなに野菜が入ってる、ごらん、ぶつ切りのネギが雪のように純白だよ荻原。くずきりはすき？　かきはだめか。おまえの苦手なものはおれが食べるから、などと、気づくと脳内で彼に話しかけながら食事している。どうしてここにいないんだ、おまえと鍋を食べたいよ荻原。

定食を食べおえてわきにのけ、学校用端末を起こし、スケジュール帳をひらく。さいきんは荻原日記として使っていて、この日は学校の彼はどうだったとか、家にいったとか、なにを食べてなにをして遊んだとか、心にのこった彼の言葉だとか、そんなメモをつけている。彼の寝顔などの写真、会話の録音もある。つらいときに眺めたり聞いたりすると楽しかった気持ちがよみがえり、水を得た乾燥わかめみたいに胸ふくらむのでやめられない。とくにいいことがあった日付にはハートマーク♡がついている――斎の船に乗せてもらった日とか、彼の家の前で抱きあった日とか――物干し台で流れ星を眺めて、魔法瓶で間接キスをした日とか！

荻原日記を読みかえしつつ、いままでつまらん意地を張ったぶん、ここからは素直になって、おくれを取りもどさねば、と鼻息を荒くするおれなのだった。

その日は予備校の授業のあと、講師に質問するためにのこっていたらおそくなってしまった。もうさすがにあいつの家には寄れないな――と、ふっと夜空を見あげると、真上で黄色い星がチカチカッと二回瞬いた。あれっと思う。あんなところにあんな明るい星あったっけと。ふたたび見えるかと待ったが、二回光ったきりだった。

「……飛行機？」

なんだったんだ？　駐車場にほかに人影はない。いまのを見たのはおれだけなのかしらと、ポケットから端末を取りだして近隣の流星やＵＦＯの目撃情報をさがすも、とくにそういった声はない。

なんとなくいまのチカチカは、こんやは想い人に会えないおれを励ますもののように感じながら、バイクにまたがった。


土曜の朝、目が覚めると同時に、まぶたのうらには荻原のおもかげがあった。

家のなかはしずかで、親がけんかしているふうではなかった。そういえばさっきグリフォネ・スフォルツァ――母の車の名前だ――が出てゆく音がしたから、母は外出しているのかもしれない。両親のどちらかがいなければほんとうにおだやかな家なのだ。

平和な週末の朝に、荻原を想ってする自慰は至福そのものだった。日のあたるシーツのうえに彼を組み伏せて、軽く波うつ髪の香りをかぐと、くすぐったそうに笑う彼。

「この髪大すき……」と、おれは万感の想いをこめてささやく。

「俺のくせ毛はおまえへのサービス」と、彼。

「じゃあ、じゃあおれの剛毛もおまえへのサービス」

「このボリューム七三がサービスだったのかー」彼はにこにことして、おれの前髪をふわっともちあげる。

「すきにならずにいられなかったよ、なにもかも」

「ありがとう」

堂どうと、おれの告白を受けとめる荻原。

想像上の彼が、さいきん優しい。以前はクールで、おれの想うように動いてくれなかったのに。

空想のなかの彼と楽しく会話しながら、笑いながら愛しあっていたが、おれは気持ちがよくなってきて言葉がつづかない。余裕そうに見えた彼だっていつのまにか息を弾ませている。どんな表情も最高な彼、可愛い綺麗可愛い綺麗荻原すきすきすきすきすきだ！

イメージでは彼の体の奥深くに、現実にはやわらかな紙のうずのなかに射精して、おれは枕に顔をうずめて長いため息を何度もついた。

余韻がひいて目をひらくと、「土曜の十一時、ヒイヅルツリーのウラヌス・テラスで待ちあわせ」という言葉が耳によみがえる。時計は十時すこしまえ。おれの頭には、「いまからいけばまにあう」という謎の声がする。

「…………」

起きあがり、タオルと着替えをつかんでバスルームへいった。熱いシャワーを浴びて頭をはっきりさせる。ドライヤーで髪を乾かしながら端末でヒイヅルツリーのプラネタリウムサイトをひらき、上映時間をチェック。七人組が観ようとしているのは十一時十分の回だろうと当たりをつける。上映時間は五十分、プログラムがはねて十二時。それからもんじゃの食べ放題とかいっていたな。

体がそわそわしてとまらず、おれはヒイヅルツリーにいきたがっている自分に行動をゆだねることにした。家から歩いて四十五分ほど。連中も落ちあうころあいだろう。なんだおれ、あいつらといっしょに観たいの？　まさかね？　団体行動はすきじゃない、あの連中とならなおさら。ただ、荻原がひと目見たい。休日にあの悪友どもとすごす彼はどんなようすなのかも気になる。

からっ風がぴゅうぴゅう鳴る道を、ジャンパーの襟を立てて歩く。Tシャツを着た色白の外国人たちが手ぬぐい屋の紙ぶくろをさげてにこやかに闊歩《かっぽ》している。未来浅草にようこそ。とよとよと重たげに流れる隅田川《すみだがわ》。駒形橋《こまがたばし》を東へ渡って、ビルの向こうに見えている冬の午前の光に照らされた未来東京ヒイヅルツリーめざしてすすむ。

ツリーは地下に商業施設があり、一階にはプラネタリウム、上階に展望台がある。土曜日のきょうは観光客や家族づれでいっそうのにぎわい。プラネタリウム前にひろがるウラヌス・テラスにおれが到着したときには、十一時十分の回を待つ行列が動きはじめており、いそげば最後尾にすべりこめるかもというタイミングだった。

ぱっと見、荻原たちのグループは確認できなかった。もうなかに入ったのかもしれず。しかしここであとを追っても、彼と離れてひとり観てなにが楽しいものか。こんなところでおれの高校さいごのプラネタリウム券を使いたくない。

ずっと、この券でデートするのがあこがれのまま叶わなかった。相手がいなかったのだからしょうがない。でもいまはいるんだ。いままで生きてきてこんなにすきになった生命体はいないというくらい惚れている男がいるんだ、ここで彼とふたりでいかなくてどうする！

子どものころから、世間の恋人たちが楽しんでいるにちがいないことを、おれも体験したいという欲望がとても強い。自分は特別だ、他人に興味ないといいながら、人なみであることへのあこがれという矛盾する想いもあるのだった。数百炎の入場料をけちっているんじゃない、この未来東京都プラネタリウム協会のキャラクター、「星空コウキシン★アソボー星人」のイラスト入り入場券を、どうしてもデートのときに窓口で提示したい。そして半券にカップル来場記念スタンプを押してもらいたいんだ。こんなものでよろこぶのは中学生までといわれてもだ。

入場券をあらためて買おうか、いやでも、などとふらふらしていると、入口が閉ざされてドアの上部には「上映中」の表示が灯《とも》された。

「ああ……」

手おくれだったという思いと、これでよかったという安堵のないまぜになったため息が出る。

そのとき、背後で聞きおぼえのありすぎる声がした。

「始まってるー！」

「おそかった」

「えーみーたーにー」

ふり向くと、三年一組の七人グループ——いや、荻原がいない六人グループが、そこにいた。走ったのかみんな息をきらせている。

「あれッ、キャネコだ、キャネコがいるーう」と叫んだ、女三人組のひとり、化粧の濃い林はニットのロングコートにショートパンツに素足、ひざうえブーツ。

「カネコくんひとり？」と、虎と雷門の大提灯《おおぢょうちん》ワッペンのついたスカジャンを着たツンドラがあたりを見まわす。

「ひとりだけど」と、おれは、ずれた気がする眼鏡を押しあげながら。

そして、グループの背後からゆらゆらとあらわれた荻原が、おれに気づいて「ほう」という顔をした。

状況から、十一時の待ちあわせに笑谷が遅刻し、やっと全員そろって走って（走るのがきらいな荻原は歩いて）きたものの、上映開始にまにあわなかったものと推察する。

「つぎは一時半だって」と、ミリタリージャケットにミニスカートの、ベリーショートヘア嶋田《しまだ》。

「さきにもんじゃいっちゃう？」といった水上《みずかみ》は、ほかの女子ふたりと比べるとちょっと幼く見える、セーラーカラーの水色コートから白タイツがのぞいていた。

　私服のクラスメイトたちはいつもよりまぶしい。とくに女子は制服のときとはかなり印象がちがう。笑谷はおやじブランドのロゴ入りマフラーやバッグが似あっておらず、薬師の通学用みたいなコート＆くたびれデニムのほうが好感度が高いというありさま。荻原は紺のダッフルコートの襟から白いシャツがのぞいて、清潔感がありそれはそれは可愛かった。

　七人は相談し、さきに昼飯にしてそれから午後一回めの上映を観ようということに決めた。笑谷が面目なさそうに縮こまってみせているとなりで、薬師がおれを見ていう。

「これからもんじゃ食い放いくけど、兼古もどう？」

「え」

「この地下の『金だこ次郎』」

「えーと……」おれは荻原を見やる。彼はすこし首をかしげて「きたら？」というようにニコッとした。もう、いかない理由がこの世に見当たらない。

「いく」とおれがいうと、誘ったのはそっちのくせに薬師はいがいそうな顔をした。

ぞろぞろとエスカレーターに乗り、商業施設とレストランの地下フロアに降りる。混みあってただでさえいきたい方向に動けないのに、女どもが「キャー可愛いー」「美味しそー」と、あちこちのショップに寄りたがるのでなかなかすすまない。

金だこ次郎では、四人がけの鉄板つきテーブルを二台くっつけて八人用の席を作ってもらった。席順は気づくとこうなっていた（グレーが女）。

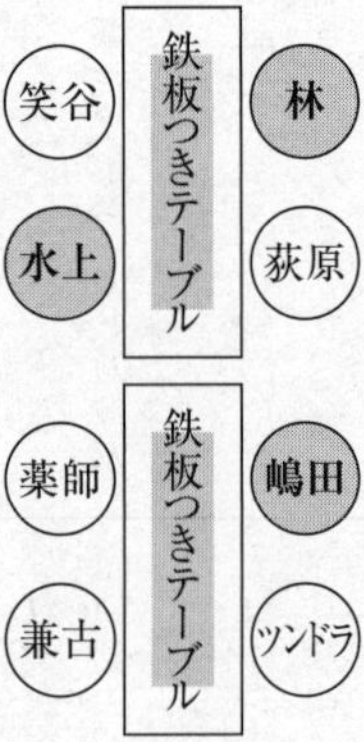

なにこれ!? 納得できない。席替えだ席替え！

しかしメンバーは店員がくるやいなや矢のごとく注文を繰りだし、おれに不服をいわせるすきを与えない。男たちは料金のもとをとるといって猛然と焼きはじめる。ベジタリアンな荻原はマイペースにサラダとキノコや野菜の串をオーダー。おれはこの店の自慢だという海鮮もんじゃを頼み、三人にスペースを奪われた鉄板のすみでちまちま焼いた。

「きょうのゲストはめずらしいよね。ここで会えてうれしい」

というツンドラの日本語は、発音が日本人とちがってアイウエオにも深みがある。

「ほんとにくるとは思わなかった」おれを誘った薬師は、生地を流しこんだドーナツ状の土手をくずしながらふざけたことをいう。

「じゃあ誘うな面倒くせえ」

「うはッ、兼古節」薬師はこてを握り、クネッと身をよじらせてみせる。「いつも遠くから聞いてるだけだった兼古の啖呵《たんか》を、ついに浴びた」

「社交辞令いう奴は憎むぞ」といい、おれはホタテゾーンをほおばる。

「しびれる」と、ツンドラ。

「近ごろどう？　お勉強は順調？」と、薬師。

「うるせえ」

「カネコくんて志望校、未来京大だっけ」と、ツンドラがいい、全員の注目がおれに集まる。

「すごーい、あたまいー」と、林。

「でもなんで未来京都？」と、水上。

「さびしくなるねー」いかにも心の伴わない感じでいう嶋田。社交辞令は憎むぞってのをに。

「未来京都の大学生活。青春って感じ」薬師はうなり、コーラをあおった。

それから各自の志望校や直近の模試の結果などを打ちあけあう。荻原の大学のことが話題にのぼると、知りたいような知りたくないような相反する思いで苦しくなる。はやくこの話流れろと念じながらジュースを飲む。

「午後のプログラムは、ムーンライフ〜月での暮らし、だって」

真っ赤な口にもんじゃのかけらを運びつつ、片手で端末を見ながら林がいう。

「月の各都市だけでなく、居住区外の観光スポットもご紹介します。月から見た星空や地球の臨場感あふれる映像とサウンドで、月の住民になった気分で月面散歩する感覚を味わえます。なるほど」

「将来月に住みたい、就職したいって人」と、笑谷がいうと、ツンドラと林と水上がさっと手をあげた。

「月でツアー組んで、添乗員したい。就職はツクヨミ観光とか若鮎《わかあゆ》トラベルあたりで」と、林。

あーいいね、と一同うなずきあう。

「おれは乗りもののデザインしたい。ペーパーバス、フラワータクシー」とツンドラがいうと、これもまたいいねいいねとみんな感心する。

月の日本都市では、建物や公共の乗りものは植物や強化紙、生物粘土などからできているという。街を構成するものは自己修復機能をもつか、リサイクル可能な素材を用いて作ることを義務づける法案がさいきん通った。

「私は月でBL《ブルー・ラブ》小説を書く」と、水上はむだに厳かな口調でいった。ブルー・ラブというのは男どうしの恋愛ジャンルのことで、水上は読むのも書くのもすきらしい。荻原を「総受け」というおそろしい立場にして、笑谷たちをはじめ運動部の連中に襲わせる妄想小説や漫画を描いているという。

「べつにそれは、わざわざ月にいかんでも……」と、薬師がもっともなコメントをした。

「姫は？　月ライフ似あいそう」嶋田はテーブルにほおづえをついて、荻原の顔を見あげていう。

この女たちは彼を「姫」などというあだ名で呼ぶ。その呼びかたはやめてほしいと彼が頼んでもおかまいなしだ。

「月ねえ……どうかなあ」

荻原はにこにこしながらあいまいに答え、グラスをもって席を立つ。

「ああいう奴がいがいといく」と、薬師が彼の背中を見やっていう。

おれもグラスをつかんで荻原のあとを追い、ドリンクコーナーに向かった。彼はアイスコーヒーのサーバーのしたにグラスをおいてレバーをさげる。おれはその横のオレンジジュースの前に立つ。

「兼古、ずれてるよ」荻原はぽつりという。

「だって、あいつらとなに話せば——わッ！」

レバーをおろした瞬間、ジュースが手の甲にかかった。ずれているというのは注ぎ口とグラスなのだった。

「はは」荻原は笑って、おれが手を拭いてジュースをそそぎおえるのを待っていてくれる。「きてると思わなかった。もう観たの？　プラネタリウム」

「まだ」

「じゃあこのあとみんなで観よう」

「いいけど……」

「けど？」

「あいつら抜きがよかった」

荻原は困ったように笑う。

おれはいってみる。「知ってる？　ふたりできたっていうと半券に来場記念のスタンプ押してもらえんの」

「なんでふたりだと記念なの」

「その……仲よし認定っていうか……」

カップル来場記念スタンプだよ、の、ひとことがいえない。

「ふうん？」荻原はよくわかってない感じでいう。「じゃあ押してもらおう」

それからも連中は食べまくっていたが、おれは入場時のならび順シミュレーションにふけり、食欲をあまり感じられないまま食べ放題タイムは終了。ぼんやりしていたら荻原の横を奪われ辺境に追いやられることがこの店の席順で判明した。もうこいつらに気をゆるすわけにいかない。

店を出てふたたびウラヌス・テラスへ。一時半の回の列ができてきている。八人もそのさいごにつく。こんどはおれは荻原のそばを離れない。できればふたりで八人の末尾になりたい。

「そういえば、知ってる？」

と、先頭にいた林が、クラスのとある男女がつきあいはじめたらしいといい、「まじ!?」と、みんなの関心がそっちに向いてじりじりと前のめる。そういう話題に興味がなく、ポカンとつっ立っている荻原の袖を引き、おれたちはほかの奴らに気づかれぬよう八人の末尾の位置を確保した。なんてタイミングでいい話題をくりだしてくれたのか林よ。学校でもけばけばしい彼女をなにか勘ちがいしている人間と思っていたが、もしかしたら化粧はさほどでもなく、もともと華やかな顔立ちなのではないか？

「一時三十分の回、ただいまから開場いたします」とアナウンスが流れ、列が動きはじめる。

入場カウンターにうちのグループが最接近するとき、となりのクラスの目立たない女子と人気の若手数学教師がつきあっており、卒業ごとに結婚するらしいといううわさでメンバーの興奮はピークに達していた。女三人はウォッウォッと大型類人猿のように吼《ほ》え、おれと荻原が彼らとすこし距離をおいているのにもまったく気づかない。

おれたちの番がきた。カウンターに荻原と学校用端末をならべて入場券を表示し、係員に告げる。

「ふ、ふたりできました」

係員のお姉さんがそれぞれの入場券にスタンプをかざす。すると「カップル入場記念」というピンクの文字とハートマークつきの日付入り半券に変わる。

「やった！」おれは思わず端末にほおずりする。

「なんだこれ、だまされた」荻原は端末を見て、「こんなことがしたかったのか」と笑う。

「わるいか」といいつつ、にやけがとまらないおれ。

「キャラクターの目もハートになってる」

「あいつらに見せんなよ」

「見せないけど……」

ここのプラネタリウムは直径二十メートルほどの円形のフロアに寝そべって見あげるタイプだ。八人は中央近く、投映ロボットそばのもこもこしたカーペットに靴を脱いでならんで横たわる。順番はこのとおり（グレーが女）。

これならまあよかろう！

場内は満員で、たくさんの人間が放射状に寝そべっている光景は集団瞑想《めいそう》でもしているような非日常感がある。

「あ！　姫端のほうにいるう！　なあんでえ？」

嶋田がこちらに気づいて体を起こすが、時すでにおそし。ツンドラが「しずかに」と制する。入場時から流れていたホルスト「木星」のボリュームがじょじょに弱まってゆき、それにともない照明も暗くなってゆく。タッティーのとなりがいー、姫こっちおいでよーとあきらめわるく小声で呼んでくる女たちに、荻原が「もう始まるから」というのを聞いて、おれは内心べろんべろんに舌を出した。

このプログラムのために調香された「冬銀河の香り」というアロマが、どこからともなくただよってくる。短い脚に球形の大きな頭をいただいた黒塗りの投映ロボットは、かすかな音と光を漏らしながらなめらかに動き、美麗な銀河が視野いっぱいに浮かびあがると会場じゅうに感嘆のため息が起こった。

プログラムの前半は、ことし一年を通じて流している「会いたい！　宇宙の仲間たち」というタイトル。さまざまな星の文明と地球とのオープンコンタクト早期実現を祈念する内容だ。

近年、UFOや宇宙人の目撃情報が誤認では片づけられないくらいに増えている。しかし二十一世紀後半のいまも、宇宙人の存在を公式に認めている政府は――小国の大統領などが個人てきに認める発言をしている例はあるものの――まだない。

いっぽう、地球外文明とコミュニケーションしている人びとは世界じゅうに前世紀からいるといわれ、「宇宙人に親しもう」運動を草の根てきに展開している。都のプラネタリウム協会の加盟施設も、すべてではないがこの運動に賛同している。いまは施設によって、プログラムの内容が、宇宙人のいることを前提にしているところとそうでないところにわかれており、ヒイヅルツリーのプラネタリウムは十年いじょうまえから「いる派」だった。

おれもいままでたびたび、それっぽい光を見ている。このあいだの予備校の駐車場でもそうだった。ひとりで夜道を歩いているときだとか、休日に家で留守番しているときだとか、まわりにだれもいない状況ばかりなので、どうなのかな、気のせいかなと思っているうちにリアリティがうすれ、思い出すこともなくなっていく。

すでに宇宙人と交流している人びとによると、自分の見たものに自信がもてず疑ってしまううちは、まだその準備ができていないということらしい。地球外ピープルは、心がまえのできていない地球人にむりをさせない。ゆっくり、ゆっくり、こちらのコンディションが整うのを待って接近してくるんだそうだ。そして、やがて地球人を銀河系ファミリーの一員として迎え入れる――ここまでくるとほんとうにSFで、それがこの現実と地つづきだなんて、いつのことやら楽しみではある。

プログラムのストーリーは、人類の乗った宇宙船がプレアデスやシリウス、アンドロメダ、オリオンといった各文明の星域や銀河につぎつぎとおもむいて、面会を果たしていくというもの。船の動きにあわせて、おれたちが寝そべっているこの床も上昇したりかたむいたりするように感じられる。観客たちはそのたびに歓声をあげた。

女子たちはどんなようすかわからないが、近くのツンドラや薬師からは寝息が聞こえる。プラネタリウムの直前に満腹になってしまうとは、まったくもってうかつというほかない。

塩粒をばらまいたように見えていた星の群れが、船のワープにより収縮するようにギュンと迫り、あやうくぶつかりそうというところをすり抜ける。そうしてたどりついた星の人びとに温かく迎えられる、地球からの船。

この宇宙には、こんなにもたくさんの友好てきな文明があって、地球人はその誕生から見守られていた。

「生まれてこのかた、私たちがひとりぼっちだったことなど一瞬たりともなかったのです――」

と、年老いた尼の役なども似あいそうな、低く威厳のある女声のナレーションがいう。

ほんとうだろうか。人類がいちども孤独だったことがないなんて。地球ぜんたいとしては、その進化ぶりを、先行する文明に見守られてきたっていうのは想像できなくもない。でも個々の地球人のなかには、寂しさや報われなさや、見捨てられたような心細さがこんなにもひしめきあってるじゃないか。

おれはいちばん身近な両親からでさえ、心からの愛情を受けたと思えたことはない。その場かぎりの気まぐれな関心を得ては、自分は愛されていると信じこもうとした。でも母は何度もおれをおいて家を空け、父は何度もおれとの約束を忘れ、そのたびに世界に裏切られた心地を味わってきた。

宇宙よ世界よ生命よ、神さまでもなに星人でもいい、おれの願いを聞いてほしい。となりにいるこの荻原楯と、どうしても結ばれたい。十八年生きてこの人を見つけました。この人がいいんです。この人と生きたいんです。

人工の宇宙に祈りながら、荻原に秒速一ミリでじりじりと手を伸ばす。小指が彼の手の甲にふれた。数秒ふれあわせたままでいる。彼に手をよける気はなさそうで、おれはその手のうえにそっと手を重ねてみた。

どうだろうか？　と、横目で見ると、上空を見あげる彼の口もとがほほえんでいる。

いやじゃないということ？

彼の手のなかに指先をすべりこませて軽く握ると、うっすらと握りかえしてくれた。手のひらどうしのあいだに温かい空気があり、それをつぶすようにおれは手に力をこめた。熱い、とおどろいたけど、ふたつの手のどちらが熱かったのだろう。そんな禅問答があった気がする。彼に近づきながらおれはずっと息をとめていたようで、ここでやっと呼吸を再開できた。こちらの盛大な吐息が聞こえたらしく、彼が笑った。

プログラムの後半は、この冬の新作「ムーンライフ～月での暮らし」だった。

月に住みたいかときかれて「どうかなあ」と答えた荻原。おれはどうだろう。月はたしかに、現実てきにいける別世界としては最高にエキサイティングな場所のひとつだろうから、まあ、旅行ならとは思う。でも就職したり住んだりしたいか？　そこまでの魅力は。たとえば——彼が向こうで待っていてくれるというなら、なにをおいても飛んでいくし、月といわずどこだってついていくんだが。

どこまでだって。

心は宙にさまよいだし、彼と手をつないだまま人工の夜の旅に出る。

口の中で、李白《りはく》の「望廬山瀑布《ろざんのばくふをのぞむ》」の一節をつぶやいていた。

「疑是銀河落九天《うたごうらくはこれぎんがのきゅうてんよりおつるかと》」

おれの人生における彼の登場はまさに、美しい銀河が天のもっとも高いところからこの掌中に落ちてきてくれたかのよう。

おれは荻原の指の腹や背、ひとつずつの関節をくまなく指先でたどった。なんて美しい感触がこの世にはあるのだろう、ため息がとまらない。自分がどこにいるのかもうよくわからない。月の居住区外のバター色の大地を駆けるバギー。舞いあがるのは月ができたときからそのままある砂や土。視野いっぱいに展開する月の光景。

神さまほんとに……本気で彼と結ばれたいです、できれば卒業までに……お願いします……このままで終わるなんていやだ、ぜったいにいやだ……！

音楽が聞こえはじめ、夜が明けてくる。星が消えてゆくのを熱くかすむ目で見つめる。あくびが聞こえ、伸びをする衣ずれの音がした。おれと荻原はどちらからともなく指をほどく。

すっかり明るくなった会場で、「寝ちゃったよ～」「もったいねえなあ」「食いすぎた」とぼやきながらも、どこか幸福そうな寝ぼけ顔のメンバーがもぞもぞ起きあがる。

「なんだろ、この合宿感」笑谷が皆を見渡していうと全員笑った。

おれは自分の手がものすごい汗をかいて、べたべたを通りこしてぬるぬるなことに気づく。汗かきなほうだとは自覚していたが、こんな気持ちのわるい手で彼の手を撫でまわしていたとは……。

ウラヌス・テラスに出て、これからどうする？　といいながら立ちどまり、顔を見あわせる面めん。おれは七人からすこし距離をおいて立つ。

女子三人は地下の商業施設を見たいらしい。姫もいこうよと荻原を誘ったけど、彼はこのあとバイトだからと断った。男たちもまだ遊ぶつもりで、電車で移動することになった。

テラスから地下へ降りるエスカレーター前で女子と別れ、ヒイヅルツリー駅の改札前で男三人と別れた。荻原とおれがのこる。

「さてと」と、彼。

「さてと」と、おれも。

「兼古はどうする」

「いや、べつに、とくには」

彼は時計を見ていう。「きょうは四時からなんだ。いまから歩いていけばちょうどいい」

「バイト先まで送れるけど？」

と、おれがいうと、彼は小さく噴きだして笑う。「じゃあ、送ってもらおうかな。お言葉に甘えて」

「いいよ」彼につられておれも笑ってしまう。「なんで笑う」

「いや兼古って……ほんとおもしろいなと」

笑わせているつもりはないんだが、おれのいうことって時どきおかしいらしい。楽しそうだからまあいいか。

とにかくやっとふたりになれた。やっとふたりになれた！

彼と歩く冬の午後はぴかぴかと、まるで鏡の街をゆくようなまぶしさ。自分の目が半分もひらいていない気がする。

ほくほくとしておれはいう。「いってよかった、きょう」

「そうそれ。そもそもなんできてたの」と、彼。

「あの時間あそこにいけばおまえに会えると知ってた」

「え？」

「おまえたちが待ちあわせの相談してるのが聞こえて。土曜の十一時にウラヌス・テラスって言葉をけさ思い出して、体が動いてしまった」

「はあ……」と、荻原はなんともいえない声を出す。

「自分の行動が気持ちわるいかもしれんとは、たまに思う」

おれの左側に立つ荻原に手を伸ばし、彼のグレーのうさぎ柄手ぶくろの指先を握る。

さっきよりはずっとスムーズに。

「たまに?」

と、彼は苦笑しながらも、おれに握られたほう——右手の手ぶくろをはずし、素手になって手をつなぎなおしてくれる。

わーーーー!!!

荻原これっておれたちつきあってるってこと? つきあってるよな? これでつきあってねえっていうんだったらおれはもうこの世界のなにがどうなってるんだか根底から意味がわからねえよ。

じわっというか、どどどっという感じで左の手のひらに汗が噴きだすのを感じる。とまれと念じてとまったものではない。ちらっと彼の顔をうかがうと、荻原は涼しい横顔で前を向いたままいう。

「乾燥する季節にはいいな」

そのとき、おれたちの正面の青空にチカチカッと瞬く光があった。あ、まただ! と、口をついて出そうになる。荻原は気づいていないようだがおれははっきり見てしまった。予備校の駐車場で見たのとおなじ光だ。

なんなんだ。おれも宇宙人に見守られているんじゃないか。よくわからないが、ともかく、「そうだよ、君たち結ばれる。ＯＫ」そんなふうにいわれているんだと信じることにした。

気がつくとおれはきょう何度めかで、黒板の日付のしたの日直らんにある「荻原楯」というへろへろした白い文字を、息をつめて凝視していた。席が廊下側一列目の前から二番めという近さなので、筆跡までよく見える。

うちの学級の日直は男女交替でひとりでやる。荻原が日直の日はピンクのチョークであいあい傘が描き足され、片側の女子の名前がつぎつぎと入れ替わる。やってくる各教科の教師たちに「おい日直ふざけるな、書きなおせ」といわれるたび、彼が前へ出ていってあいあい傘を消し名前を書きなおす。そして「またおまえか」とあきれられるのだった。

起立、礼、と荻原が窓ぎわの席から、あのエレエレしたいい声で号令をかけ、ホームルームが終わる。生徒たちが教室を出ていくなか、おれはドアのわきに立って彼と周辺の動向を見つめる。

「た〜て〜ン」笑谷がでれでれした声で荻原に呼びかけ、べったりと彼の肩にもたれる。

「タティー♡」語尾のハートが目に見えるように呼ぶのはツンドラ。

「はっはっはっはっ」と、笑谷とツンドラの後ろから笑いながら近づいていく不気味な薬師。

荻原と友人たちが窓ぎわに集まって、掃除当番にじゃまにされながら談笑している。なにが「た〜て〜ン」だ馬鹿野郎、机さげるやいなや荻原を包囲しやがっておまえらいったいどれだけ奴をすきなんだよ、と、連中にあきれるおれ。

これまでの経験から、遠慮して見ているだけでは近づくチャンスがこないのはわかっている。輪のなかにつっこんでゆき彼から離れないのが必勝法だ。周囲に何人いようが何時間たとうが、そばにいつづければさいごにはおれがのこる。いつかはふたりだけになれる。

食らいついてやるぜと近づいていくと、笑谷たちはそれぞれ予定があるらしく「じゃねバーイ」といってていがいにあっさり去っていく。おれが前に立ったとき、荻原は雲の切れまからすっきりあらわれた太陽のようにノーマークだった。

「よう兼古」と、彼。

「もう帰れる？」と、おれ。

「髪切りにいく」

「え？」

「きょうこそいけっていわれてる」

どうしようか？　という目でおれを見る彼。

「待てるけど？」

とおれがいうと、荻原はぷっといって噴いた。あいかわらず、彼の笑いを誘ってしまうそのポイントがよくわからない。

「じゃあ、待ってて」

「いいよ」

校舎わきの業者用駐車場にとめていたバイク、ハヤアキツヒコに向かう。木陰にたたずむ美しい黒ずくめのマシンが見えてくると、荻原は片手をあげて「ようアキツ～」と声をかける。

アキツ、と彼が友人のように呼びかけてくれたのがうれしく、口もとがゆるむ。ヘルメットとグローブを彼に渡す。何度か後ろに乗るうちに慣れたもので彼はよどみなく装着した。

ふたり乗りをして校門を出る。

「店どこ？」と、おれ。

「決めてない」と、荻原。「通りすがりに、気の向いたところにふらっと」

　子どものころからおなじ美容室に十年いじょう通いつづけ、帰るときに次回の予約をすませてしまう身としては、彼の自由さにはなにやらざわつくものがある。

「おれ予約しないと落ちつかん」

「兼古予約すきそう」

「だって楽じゃねえ？　決まっちゃえば気をもまなくていい」

「約束した時間にかならずそこにいなくちゃいけないってプレッシャーのほうがやだ。そのとき髪切りたい気分かなんてわからないのに」

「そんなもん？」

「もん」

　十五分ご、未来稲荷町の予備校のかって知ったる駐車場にバイクをとめ、おれたちは周辺のよさそうな美容室または床屋を探して歩きだした。どちらとも決めず、彼の足の向くほうへ。

　十二月に入って、街はクリスマスの気配をいっそう濃くしている。カフェの店内には高い天井に届きそうな大きなツリー。オーナメントの金銀ボールが照明を反射し、夕闇の路上にこれぞ豊かさという風情の光を投げかけている。そば屋の入口のたぬきの置きものまでが赤いサンタ帽をかぶらされている。

冬の華やかな未来浅草をひとりで歩くときは、これまで家族とすごしたクリスマスを回想せずにいられなかった。両親がプレゼントやケーキを用意して体裁は整えるものの、いつなにがきっかけで彼らの口論がはじまるかわからず、どうかこの夜が台無しになりませんようにと祈りながら薄氷《はくひょう》を踏む心地ですごした。おれは楽しい美味しいとはしゃいでみせ、いつもより大きな声で作り笑いをして、これが幸福なんだと思いこもうとした。両親の心はまるで伴っていないことをわかっていたのに。

二〇五五年のクリスマスはいつもの年とはちがう。はじめて、すきな人がいる冬だ。荻原と歩くと、悲しい記憶がどこかへ飛んでしまい、思い出したくても思い出せないほど遠ざかったように感じる。だって、古い商店街のイルミネーションや飾りつけのものたちが、どれもこれも洗いたて磨きたてのようにぴかぴかして見えるのだから。

はじめはこの現象を、恋に浮かれて目がくらみ、醜いものが見えなくなっているのかと思った。でもそういうわけでもないらしい。

ぴかぴかに見えるといったけど、じつはイルミネーションの汚れや電球切れ、サンタ人形のひびわれにテープの補修あとがあったりするのもちゃんと見えている。看板や屋根の錆《さ》びつきや傷み、放置自転車やごみも目に入るし、不機嫌そうな人間と肩がぶつかりそうになって舌打ちされたのも気づいている。ただ、いつものように興ざめしたり相手を見くだす気持ちになったりしないのだ。どれだけ平均寿命が延びようとも人の営みにはかぎりがあってはかなく、ものを繕って使いつづける心はいじらしくて切なく、あの人もまた笑えるようになったらいいと思える。

つまりは、彼といるとものの感じかたが変わってしまうみたいなのだ。この世はいろんなできごとであふれている——最高のことから最低のことまで。でも、まわりになにがあっても、自分たちはいつもおだやかに幸せでいることができるんじゃないか。

そんなおおらかですばらしい気分も、彼と離れてひとりになってしまうと維持するのがむずかしく、目に入ったものや他人の態度にいちいち動揺する自分にもどってしまうのだが。

三十分も歩いたのだろうか、いつのまにかニュー千束《せんぞく》通りにさしかかっていた。それらしい店をちらっと見ては、ピンとこないようでまた前を向く彼。できるだけ長くとなりを歩いていたいおれは、まだ決まらないでほしいと思いながら「あそこにもある」と、わざとちょっと離れたところにある赤白青のサインポールを指さしてみる。

他校の生徒ともよくすれちがう。そろいのグレーのコートを着た仏教系の女子校の五人組はおれたちの横を通るとき、全員が荻原に目をうばわれ、こっちに聞こえるように「かっこいい」「いや、美人だって」「可愛いだと思う」といいあっていた。

彼はオパールかモルフォ蝶《ちょう》かというような玉虫色の魅力のもちぬしだ。あるときは世界にふたりしかいない気持ちにさせるほど親密な笑顔を見せ、あるときは未来からきた

旅人のようにまぶしく測りがたい。横顔が冷たい鬼のようにやたらとかっこいいこと
——かっこよく見えるときはたいていなにも考えてないらしいが——もあれば、菩薩《ぼさつ》と呼びたいくらいに優しいまなざしで受け入れてくれることもある。

「はーしかし。なぜ母親というのはああも人の髪を短く保ちたがるもんなのか」

彼の髪は、前は目に、サイドは耳の下半分に届いていた。

「前髪が目にかかると、もう切れきれって」

「ありがたいことだよ。親がそれだけよく見てて、気にしてくれてるってことなんだから」

彼がふっとこちらを見る。おれの顔周辺をなぞるような視線。

「なに？」

「兼古もきょう切れば？」

「えっ」

「横すこし伸びてる」

たしかにそろそろいってもいいころあいではあるが。虚をつかれてまごついていると、

「あ、ここな気がする」と彼の明るい声がした。

店内にロボットがいる美容室だった。確信のある足どりで近づいてゆき、「こんにちは～」とものおじせず入っていく彼。

「いらっしゃいませ」と、丸い頭部と細身の灯台のような体をもつロボットと、モップで床の髪の毛を集めているスタッフが同時にいった。

「ご予約のかたですか？」

利発な子どものようにはきはきと、白くつるっとした顔を上向けて問うロボット。

「予約してないんだ」荻原はロボットの頭を撫で、スタッフに向かっていう。「いまから切ってもらうのって、できますか」

「えーと、はい、おひとりなら……」

ラズベリー色のボブヘアの女性スタッフは、ロボットの頭上に浮かんだウィンドウをのぞきこみ——たぶんこのあとの予約をチェックした。

「大丈夫です。どうぞ」

「よかった。お願いします」

と、荻原がにこやかに答えたつぎの瞬間、おれは自分の口から「あの、もうひとりいいですか」と飛びだすのを聞いた。

「え、ふたり？」

ラズベリーボブはおれたちの顔を見くらべ、店の奥のついたてに向かって呼びかける。

「ねえ、いまからふたりできるかなあ？」

「カットなら」

といって、短髪にチェックのシャツ、アウトドアブランド「マチュピチャナイ」のベストを着たさわやかな感じの男がついたてから出てくる。

おれたちはコートとジャンパーを脱ぎながらほほえみあう。ふたりぶんのマフラーと上着、かばんをまとめてラズベリーボブにあずける。

ヘアカット用のいすに座ると大きな鏡いっぱいに映るおもちゃが目に飛びこんできた。背後の棚に小さなロボットやブロックのお城や船、ミニカーなどがおかれている。棚だけを見たらおもちゃ屋だと思うかもしれない。

ラッキーなことに、荻原とならんで同時に髪をカットしてもらえることになったおれ。

「どんなふうにしましょ？」

マチュピチャナイはおれのてっぺんの毛をつまんだり、手ざわりを確かめるように髪をくしゃくしゃもんでみたり。

「横は耳が出るように……前髪はいまの感じのまま、すこし短く」と、おれ。

「やっぱこう、男は七三分けでね！」と、調子のよいマチュピチャナイ。男は七三って、ほど遠い髪型の人にいわれても。

となりでは荻原が、ラズベリーボブとヘアカタログを見て笑いながら相談している。

「未来浅草って校則きびしい？」「冬休みはツーブロックにしたら？」「天パすごくいい感じだね～」なんて、友人みたいな口調のラズベリーボブ。

髪型が決まるとふたりそろってシャンプー用のいすへ。おれは眼鏡をはずされた。店内は暖かく、シャンプーの香りは甘く泡はやわらかく、そこから繰りだしてくるマチュピチャナイの指の太さや硬さ、力加減はなんともいえず絶妙で、首からうえのねじがゆるんだようにため息ばかりが出る。店に流れるクリスマスソングのシャンシャンという鈴の音《ね》が頭の奥でまぶしく光り、半分ねむりかけた心地になっているところへ――ラズベリーボブの「キャッ」という小さくもするどい声がして目が覚める。

なにが「キャッ」なのかと思ったら、おれは、自分でも衝撃だったことに、となりのいすに横たわる荻原の手をつかんでいたのだった！　まるで無意識だった。

手を離そうとしたおれにマチュピチャナイは「そのままでいいよ」といい、熱めの湯で髪をすすいでくれる。

荻原の表情は見えないが、手をつないだままおれたちはそれぞれ髪を洗われ――おわった。頭をタオルに包まれて起きあがる。裸眼だとぼやけて見えるものの、ほかほかと紅潮した顔でほほえむ彼がすごく可愛いのは認識できた。

「顔赤い、荻原」と、おれ。

「兼古もだよ」と、彼。

ふたたび鏡の前に着席する。

「髪洗うとき手えつないだ人たちははじめて～。仲いいんだね！」と、ラズベリーボブがはしゃぐ。

「寝ぼけていた……」と、おれがつぶやくと美容師コンビが笑った。

「もうつながなくていい？」マチュピチャナイが、ふわりと白いケープをかけてくれながらいう。

「え、そんな」

「つなぎたそうだよ？」

「いや、いや」

おれは口ごもり、ナイロンをさらさらいわせつつケープの袖から手を出す。初対面の人たちにも彼をすきだとばれてしまうおれって。すると、荻原はハッとしたようにこっちを見て「これ、手出せるの？」とおどろきの発言をする。そして自分のケープをまさぐって筒状の穴を見つけ、にょきっと手首まで出す。

「わっ便利!?」

「知らなかった？」ラズベリーボブがまた笑う。「君たちおもしろいな！」

十八年生きてきて美容室のケープから手を出せることを知らなかった荻原。彼は感動したおももちでこちらに手を伸ばし、そしていう。

「じゃあ兼古、手が出た記念に」

おれはいったいどんな顔をしていたんだろう。恥ずかしさとうれしさで顔面のパーツがばらばらに遊泳しだしていたんではなかろうか。ケープから出した手をつないで、おれたちは髪を切られる。

美容師たちがふたりのあいだに入るときだけ手を離し、それがすぎるとまたパッとつなぐ。これがなぜか彼らの――とくにラズベリーボブの琴線にふれるみたいで、彼女は荻原の髪をカットしながら「こんなのはじめて。いやー、こんなのはじめて」としきりにうれしそうにいうのだった。

これまで彼と手をつないだときは、おれのほうからじりじりと間合いをつめて狙ってつかむという感じだったのに。きょうは気づいたらつないでいたり、荻原のほうからつないでくれたり！　ああきょうは♡の日だ、特大♡の日だよ……。

会計のとき、ラズベリーボブがいった。

「君たち、そんなに仲いいのにおたがい名字で呼んでるの？」

「え」

顔を見あわせるおれたち。

「そう、ですね」と、おれがいうと、ラズベリーボブは「うわあ～」と声をもらし、たまらないというようにくねくねっとした。

「ふたりともいい感じだよ」

と、マチュピチャナイより複数の意味あいの感じられる言葉を背に受けて店を出る。

そとはすっかり夜で、アーケードを通り抜ける風は冷たかった。

「さむ」といって、顔の前でマフラーをかきあわせる荻原。

彼もおれもカットの仕上げに髪にワックスをつけられ、アップルシナモンのパウダーなるものをふりかけられた。いまおれたちからはアップルパイのようなおそろいの香りがする。

「おまえけっこう切ったな」と、おれ。彼の前髪はひたいの半分くらいになり、白い耳はすっきりと出ていた。

「このくらい切れば二か月はいけっていわれない。兼古も切ってよかったね」

「美容室って楽しい場所だったんだ。いまの店おもちゃ屋みたいだった」

「いい店だった」

「またいく？」

「ンー。つぎにここ通ったとき、そんな気分だったら」

ちょっといい感じになったかと思ったのに、とりつくしまもない荻原よ。彼とおなじ店に通いたいおれの恋心などおかまいなしだ。

彼と別れたあと、予備校で授業をふたこま受け、ファニーかもめで夜食をとって帰宅した。深夜だというのにガレージにグリフォネ・スフォルツァがなく、またかと思う。

両親のけんかははげしく、父の暴力に身の危険を感じた母が半日から数日の家出をすることはよくあるのだった。

父は自分の部屋にこもっており、無人の居間はテーブルの位置がずれていて、きょうは新しく壁に穴があいているのを見つけた。投げつけたか振りまわしたものが当たったのか。

「……………」

おれはしばらくその穴を眺め、別の壁に飾っていた絵をはずして穴のうえにかけた。泣きそうになって頭をふると、髪からりんごとシナモンの香りが降ってくる。うそみたいだ。

荻原、これも現実なのかな。とてもここがあの美容室の時間のつづきとは思えない。

「誘拐されたみたいだなー」

笑いながら荻原がついてくるのを、はやく歩けとせかしながら校舎横の駐車場へつれていく。きょうは彼が掃除当番で、おなじ当番グループに笑谷がいるので気が気ではなかった。笑谷はツンドラと薬師の三人のうちもっとも荻原にべったり度が高い。担任が掃除のできぐあいをチェックして解散となり、奴が荻原に話しかけてきそうになったところをひったくってつれてきたのだった。

「けっこう強引」と、彼はハヤアキッヒコのシートを撫でながらつぶやく。

「………」

ごめんというのもなんだし、そもそもごめんと思ってない。おれは無言でヘルメットをかぶってグローブをつける。きょうは彼のバイトは休みでおれも予備校の授業を入れていない。天気はマフラーが暑く感じるほどの小春日和。ぜったいデートしたかった。

渡されたヘルメットをかぶり、「あっ、スカスカ」と彼はおどろいた声をだす。髪を切ったあとはゆるく感じるものだ。彼くらい短くしたらはっきりちがいがわかるだろう。

「どこにいきたい？」と、おれ。

「川」と、荻原。

「わかった」おれはうなずく。

彼を乗せて走りだし、通学路をそれて隅田川に向かう。

美容室で、店員に「おたがい名字で呼んでるの？」といわれたことが気になっていた。

笑谷たちが「た〜て〜ン」だの「タッティー」だの「姫」だの、彼をすきかってに呼ぶのを聞くたびに胸がざわついていたが。おれだってそろそろ彼をしたの名前で呼んだっていいじゃないか——。

「なーあれ、あんなところに新しい店できてる」ヘルメットのなかで荻原の声がする。

「なんの」

「かき氷ののれん出てる。冬なのに」

「冬に食うのがはやってるらしい」

などと話をあわせつつ、いつ呼んでみようかとタイミングを計る。

そして信号待ちになったとき。

「おい、た――」

楯と呼ぼうとして、舌がはりついて動かなくなった。

なんだこれは。

「なんかいった?」

「た、たっ」

荻原のしたの名をいおうとするとブレーキがかかったようになる。寒いからなのか。

手をのどのうえに重ねてみる。

「どうした?」

「いや、なにも」

「苦しそうだけど」

「というか」

おれはむなしく口をぱくぱくする。自分に起こっている現象がよくわからない。

「いったん降りよう」

荻原が肩に手をおいてくる。おれはエンジンを切ってバイクを押し、歩道にあがる。

「大丈夫？」

「どこもなんともない、ん、だけど」

「メット脱いでみ」

彼にいわれるままに脱ぐ。おれはつぶれた髪のなかに手を入れていう。

「したの名前が呼べない」

「だれの」

「おまえに決まってんでしょ、この状況で」

「…………」

「…………」

「兼古って、そんなレベルから自分に禁じてるのか」

「禁じてる？」

「人を名前で呼ぶことさ」

子どものころから、だれかをすきだと自覚すると本人の前では口が裂けてもファーストネームで呼べないという状況におちいる。小学生や中学生のころなどは、相手の名前が発音できないことで自分の気持ちに気づくこともあった。

「そうか、——そうなのか、そんなに」荻原はぶつぶついう。「兼古ってしたたかなんだか、繊細なんだか」

「え？」

「おまえのバイクは校則違反だし、業者用の駐車場にとめるのだって何回注意されてもやめない。三年間学年トップだとこのくらいの要求はとおる、ゆるされるって加減わかってるからだろ。それでだれもできないようなかってなことしてるわりに」

「……なによ」

「人の名前が呼べなかったりする」

おれはグローブで顔をおおっていう。

「人、人っていうけどだれにでもそうなるわけじゃない！」

おまえだからなの、おまえだからなんだよ荻原！

彼はぽつりという。「知ってるよ」

荻原はヘルメットを指に引っかけて、ゆらゆらさせながら無言で歩く。だまらないで、おまえがだまるとこわいんだ。おれはその背中を見ながらハヤアキツヒコを押してついてゆく。スロープをのぼって川べりの土手に出る。

せまりくる夕焼けの空に、ぽつぽつと黄金の斎の船が浮かびはじめていた。そして細かな波が金色と鈍色《にびいろ》に交互にきらめく隅田川。明るい座敷に人びとをのせた屋形船がゆったりと渡ってゆく。

荻原はもくもくと歩いて道ばたの草むらに入っていく。おれもバイクをとめ、ヘルメットを抱えてついていく。

彼は草のうえに寝そべっていう。

「兼古、楯っていってごらん」

「え？」

「いえたらおまえは変わるよ」

彼のとなりにぺたんと座ったおれに、彼はさらにいう。

「いってごらんて」

「恥ずかしい」

「だれも聞いてない」

「おまえが聞いてる」

「俺のいないところでいえても意味ないんだよ」

「ああ……」

おれに起こっている問題を荻原が正確に把握してくれたことで、胸につかえていた冷たいものが溶けだしてゆくようだ。

「さん、はい！　たて！」

荻原は指揮をするように指を振っていう。

「いえないって」

「じゃあ俺がさきに呼ぼうか。緑」

心臓がガガッと動いて思わず耳をふさいだ。

「いいいいおれのは」

「よくない」

彼は寝そべったままおれの腕を引っぱって、耳から手を離させた。

「死ぬ」

「死なない」

「死ぬよ」

「死なないぞ、み・ど・り」

「やめろ」

「やだねほら、勢いで。さん、はい、たて！」

「た」顔のした半分がしびれて、力が入らない。なんとか発音する。「て……」

「うん、もう一回」

「た、て」

一音発するごとに呼吸がはあはあと、発作でも起きたかのよう。これはほんとうに発作の一種なのかもしれない。

彼はいう。「もう一回」

「た、たて」

「よし、もう一回」

「だで」

とても自分の声とは思えない。瀕死の大蛇がのたうちながらうめいたならこんな感じだろうという低いしわがれ声だった。まるで呪いだ。

「なにこの声」おれは震える。

「大丈夫、いいんだそれで。もう一回」

「たて」

こんどはいくらか軽くなる。

「そう！」

「楯」

「そう！」

「楯」

「もう一回！」荻原の声が大きくなる。

「楯！」

「その調子ィィ!!」

「楯ェェ!!」

もう叫びだった。通行人がおれたちの前で立ちどまったり、犬が吠《ほ》えたりしていく。

事情を知らない人には「楯」ではなく「立て」に聞こえるかもしれず、寝ながら立てと叫びつづけるおれたちはいかにも奇矯な若者に見えるだろう。

「めげるな。大きい声でいったほうがいいんだこういうのは。体で覚えるんだ」

「体で？」

「自転車にいちど乗れたらあとは考えなくても乗れるみたいに」

「てきとうなことを」

「いいからはい！」

「楯！」

「はい！」

「楯！」

「はい！」

「なあおれもう……」

このプレイがつづいたら人格が崩壊するのは時間の問題だ。

「はいもっかい」

「ああおまえんとこの船？」

おれは震える指で空を指す。

荻原は頭上を通過しつつある斎の船をいちべつしていう。「ちがう」

「この距離でわかんの」

「気嚢《きのう》の縦横比で……ごまかすなほら」

「楯！」

「おう！」

「楯！」

「おう！」

なんなんだろう、とつぜん始まったこのリハビリ。しかし荻原の名前を呼べばよぶほど、胸が軽くなっていく。黒いものが口から抜けてゆく。彼をバイクで家に送り届けるまで、さらに百回くらい楯と呼ばされた。

その夜は幸福感で胸がいっぱいで、なにが起こっても平気だと思えるくらいに力がたぎり、めずらしくファニーかもめにも寄らずに帰宅した。

家ではこれまためずらしく居間に両親がいて、母は夕食のあと片づけをし、ほろ酔いらしい父は「緑、アキツに乗ってるか。いいだろうあれは」などと機嫌よく話しかけてくるのだった。

「乗ってるよ」とおれはいい、食卓にのこっていたエビフライをつまむ。

バイクはおとのクリスマスに父が買ってきたものだった。ニュースで地元の鳥居工場の製品が紹介されているのを見てほしくなったらしく、当時の最新モデルをおれへのプレゼントにした。父の衝動買い癖《へき》にはたびたびおどろかされてきたが、なにがいちばんだったかといえばぶっちぎりでハヤアキツヒコだ。

その聖夜の父はそわそわして落ちつかなかった。母とおれがローストチキンを食べていたら突如として玄関前が騒がしくなり、ガレージに運びこまれた漆黒のマシン。あっけにとられるおれに、父は「男の子はみんなバイクがすきだろ？」とかなんとか声をかけてきた。ぼうぜんとしていたのはほしいものをもらって感激したからじゃない。バイクにまったく興味がなかったからだ。

ハヤアキツヒコだけでなくピアノや望遠鏡や最新のゲームツールなどなど、父はおれがそれに関心があるか確認せずにいきなり買ってくる。おれのためといっているが、ふらっと興味のきざしたものを自分が買いたくて買っているだけ。そして手に入れると関心をなくしてしまう。おれは免許をとり、通学に使うと決めて乗っている。近ごろは荻原とタンデムする楽しさを知ったので以前よりもバイクがすきだ。

両親はそれぞれ自室にひきあげ、やがて父の部屋からは低いいびき、母の部屋からはテレビドラマの音声が小さく聞こえてきた。それらを心おだやかに聞きながらのこりものでひとり食事をした。

部屋では、学校用端末のスケジュール帳につけている「荻原日記」に彼への想いと感謝を熱くつづってすごした。

そのごもプラネタリウムや美容室で手をつないだり、河原で名前を呼ぶ練習をしたりした日におして、順調に増えているハートマーク。近ごろじゃけっこうたまってきて、寝るまえにベッドで♡を数えては「これはいける！　あすこそ告白だ！」と希望に満ちて眠りにつく。なのにまた教室で、男からも女からもボディータッチを浴び、ハグやほっぺにキスなんてのにも無抵抗にされるがままの彼を見ていると、おれと手をつないだことはものの数ではないのかもと自信をなくす。

「楯」

枕に顔をうずめてそっと口にしてみる。

ベッドサイドのライトを消すとやわらかな闇が降りてくる。荻原に名前を呼ばされながら見あげた宵空の美しさが脳裏にひろがる。空はみるみる濃さをまし、楯と呼ぶたびに星がひとつふえるかのようだった。日に日に彼をすきになる。こんな毎日でどうしてすきにならずにいられよう。

彼を想うとたちまち勃起してしまう。ついでにいえば名前を呼ぶ練習をしているあいだじゅうそうだった。彼の体とあまりに近くて知られてしまうかもしれないと思ったが、それでもかまわないと思えた。だっていつかは——と悠長なことをいっている時間はないのだが——彼の前で、おれは自分のすべてをさらすと決めている。

それから、なにひとつ憂いのない心で、時間をかけてとてもハッピーな自慰をした。こんなことができたらと妄想していたお気に入りのシチュエーションも、彼の名前を呼べるようになったことで現実味が出てきたのだろうか。なんというか、いつもの自慰と感覚が微妙に変わっているのだった。

「ひと味ちがう……」

紙を替えてていねいに拭きとりながら、思わずうなってしまう。

はやく朝になれ。彼の目を見て名前を呼びたい。勇気を出せば、勇気を出したあとの世界にいけると彼は教えてくれた。ここはすばらしい。


師走もなかばをすぎたその日、小一から通っているジムに、荻原をつれていけることになった。

いままでいったい何枚の、何十枚の「ゲストご招待券」が日の目を見ぬままむなしく期限切れになっていったことだろう。誕生月や夏・冬休みには「お友だちを誘ってみませんか?」と、ぐさっとくる文面とともに招待券が送られてくる。これまでのをぜんぶあわせたらクラス全員つれていけるくらいにはなったかもしれない。いかんけど。

おれは小五までスイミングスクールの生徒で、選手コースにいた。六年からは自分は選手向きではないと見切って、すきなときにすきなように泳ぐことにした。幼少期からたくさんの習いごとをしてきたが、自分はなにに適性があるのか知りたいという目的だったので、数か月通って「これではなさそうだ」と思ったり、初級の検定試験に受かって「こんなもんか」と思うとあっさりやめた。水泳はめずらしく長つづきしているものだった。

きょうは、泳げない荻原に水泳の初歩を教えるという名目だった。むりだったら水とたわむれるだけでもいい。なんならプールサイドでおしゃべりするだけだって。おれの長年のなじみの場所を彼がすこしでも気に入ってくれたらうれしい。

「優しくしなければ……」と、気づけばおれはうわごとをいっていた。

放課ご、ハヤアキッヒコの後ろに荻原を乗せて未来蔵前《みらいくらまえ》駅近くにあるスポーツジム「クエーサークラブ」に向かった、その道のりの誇らしいことといったらなかった。ジムにいくのがひとりじゃなく、いっしょにいくのが親でもなく、ぴかぴかの友だち(いじょう恋人未満……)だなんて!

これまでのおれの、十八年の歴史とは、パートナーを求める孤独な旅路だったといっていい。

ジムではいつも無意識に同年代っぽい人を探していた。自分がいく曜日や時間帯に何度か見かける顔があると、「どこ小？」なんて話しかけたりして。なかには話ができそうな奴もいたが、すでにいっしょに遊んだり練習したりする仲間が決まっているとわかると、おれはたちまち相手に関心をなくしてしまった。仲よしグループの一員になりたいんじゃなくて、たったひとりでいいから自分の半身のような親友がほしいのだった。

いつもおたがいを気にかけあって、大会ではおまえのために優勝するよみたいな、ひっそりと宝物を交換しあうような、鍵つきの日記帳を共有するような……などという方向に妄想がすすむところからして、おれが求める関係とは、親友よりも恋人寄りのものらしい。

ジムのエントランスに入ると、正面にフロント、両脇にスポーツショップとカフェラウンジがある。受付で、「きょうはゲストがいるんですが」と告げるとき、うれしさで声がうわずっていた気がする。天井を見あげてぼーっとつっ立っていた荻原の袖を引っぱり、カウンターで記名してもらう。

「はい、ではここにご住所とお電話番号を……未成年のかたは保護者名もお願いします」

スタッフポロシャツを着た女性とは必要最低限の会話しかしたことはないが、おれが小学生のときからここで受付をしている人で、なにもいわないけど「兼古緑、はじめて友だちつれてきたわね」とか思っているかもしれない。

　更衣室では、おれは自分のロッカーへ、荻原はすこし離れたゲスト用のロッカーへ。いつもならなにも考えずにぱぱっとぜんぶ脱いで水着をはく最短距離の着替えをするが、きょうはなんとなく腰にタオルを巻いて隠してしまう。水着はトレーニング用のショートスパッツをもってきていた。

　彼のほうを見やると、うつむいてシャツのボタンをはずしていた。可愛い。ちょうどシニア水泳教室が終わったところで周囲には高齢男子たちの裸体および半裸体がうごめいていたが、荻原はひとり竹のなかから生まれた人のような輝きを放っていた。袖から腕を抜くときなんかは天使が羽を脱ぎおとすみたいだった。

　バイト先から帰った彼が部屋着に着替えるのは何度となく見ている。しかし部屋だと距離が近すぎてとてもじゃないが直視できない。わりに色白なせいだけとは思えないのだが、彼の素肌があらわれると照明が一段階明るくなったような感じがする。おれはまぶしさに耐えきれずに眼鏡をはずしたり、勉強しているふりをしたりする。

　この距離は盗み見にちょうどよい。彼は制服ズボンとショーツをつるつると脱いで全裸になり、ビニールバッグをもぞもぞさぐって水着をつかみだした。すっぽんぽんになってから水着を探しはじめる、段取りという概念のなさにしびれる。

ゆるいくせ毛の頭から、雪渓のような首や肩、いがいに広い背中から小さな尻にかけてのフォルムは神仙に愛《め》でられる扇さながら。晴れやかに伸びた長い手足。おれとおなじ身長だが彼のほうが脚の長そうなのがなぜかうれしい。かかとの直角の清らかさが目にしみる。いったいおまえはだれにことわってそんなに美しいんだ、だれの許可を得てそんなに素敵なんだ！

気づくとおれは熱いため息をついて、ロッカーのとびらのふちを指にあとがつくほど握りしめていた。そういえば彼は二年の修学旅行のとき、脱ぎっぷりのよさで話題になっていたものだ。温泉ではだれもが周囲を気にしながら着替え、タオルで前をおおったり腰に巻いたりして浴場内を移動するなか、いちはやくすっぱだかになって入場し、どこも隠さずに闊歩していたという。「という」というのは、当時のおれは彼を苦手だと思いこんでいたので、視界に入れないようにしていたのだった。なんてもったいないことをしたんだろう。

彼の水着はフィットネス用の太ももまでおおうタイプ。キャップをかぶり、ゴーグルとタオルを手にさげ、にこやかにこちらへやってくる。こいつこんなに最高なのに泳げないんだぜ……と頭のなかで謎のナレーションが聞こえた。

プールは二十五メートルで、八レーンのうち一、二、三レーンはいまの時間は水中ヨガ教室をやっており、四、五レーンが遊泳コース、六レーンは老若男女が減量成功や健康増進を祈願してストイックに歩むウォーキングコース、七、八レーンが立ちどまりは死をまねく本気で泳ぎたい者のスイムコースだった。

プールサイドでストレッチをして、おれたちは中央の遊泳コースへ。水温は三十度ある。

「泳げないって、どのていど」と、おれ。

「水のなかで目があけられない、体が浮かない、鼻に水が入る」といって荻原はにこっとした。そのきれいな目が水中であけられない目なのかと思うと、胸のうちで愛おしさの小爆発が起こる。

「わかった。ゆっくりやろう」

水に体をならすため、二十五メートルを歩いて往復することにした。ほかに幼児用プールがあって、きょうは子どもがおおいのか歓声の反響が大きく、すこし離れるとおたがいの声が聞こえにくい。ならんで歩く距離がしぜんに近づく。

荻原はあたりを見まわしていう。「きれいなプール。ここって新しいんだっけ」

「改修して三年くらいか。おれが入ったときはけっこう古かった」

「ここに入ったのって――」

「小一から。まえに話したけど」

「ハハハ」

おたがいのことはおいおいわかればよいというスタンスの彼にあわせて、ひといきにすべてを知りあいたい欲望をおさえ、日々、自分の情報を小出しに伝えつづけているおれである。彼はうんうんと聞いているがこんなふうに忘れていることもおおい。しかしこのていどでめげるおれではない。

「体を丈夫にしたくて始めたんだ」と、おれ。

「あ、アレルギーあったんだっけ」と、彼。

「そこは憶《おぼ》えててくれたか」

「うん」

ものごころついたときには皮膚炎があり、食べられない食品があった。幼稚園児のときに母が祖母におれの体質のことをなげいているのを聞いて、どうすれば丈夫になれるのか調べ、小学校にあがったら水泳をやりたいと申しでたのだった。

健康になるための自助努力はつづき、家族でひとりだけ自然食や薬膳を試みたり、やがて夏休みには山のなかで行われる健康道場てきなものにも参加するようになった。大人たちにまじって断食をし、講座を受け、瞑想や散歩といった日課をこなす。そうこうしているうちに、なにが効いたのかはわからないが――もしかしたら成長するにつれてしぜんと体力がついただけなのかもしれないが、それらの症状は消えていった。

「ずいぶん変わった小学生だよなあ、断食道場にひとりでいくなんて」と、荻原。

「よくいわれた。大人しかいないところにいくのきらいじゃなかったよ、なぜかよその人には可愛がってもらえてさ」と、おれ。

「あー、緑可愛がられそう」

「高学年になってアレルギーも完治したし、自分は選手タイプでもないと思ってたし、水泳習うのはやめることにした」

荻原がスイムコースのレーンを眺めていう。

「あのくらい泳げる？」

彼の視線の先には、クロールで本気泳ぎしている男スイマー。

「まあ、あのくらいは」

「あとで緑が泳ぐのを見よう。模範演技」

「ははは、緊張して足つるかも」

「泳げる人が俺につきっきりじゃつまんないでしょう。あんなふうにビュンビュン飛ばしたいんじゃない？」

「いやいや」

ビュンビュンなんざいつでもひとりで何時間でもやれんだ馬鹿、いまはおまえのとなりをちんたらウォーキングすんのが百万倍うれしいってわからんのかこのこの、とゆさぶりたい気持ちをおさえていう。

「荻原がすこしでも泳げるように教えるほうが楽しい」

「荻原ってだーれ？」

彼はにやにやしてとぼけてみせる。

学校では、彼の仲間たちにひやかされそうで荻原、兼古と呼びあうも、ふたりのときにはしたの名前で呼ぼうという決まりができた。おれがうっかり名字で呼んだときには彼は返事をしてくれないのだった。

「あ……た……楯に教えるほうが楽しいと……」

「サンキュー」

あんまりどきどきさせないでほしい、ただでさえ体の線がはっきり出るかっこうのときに！

話しながら歩いているうちに、いつしか壁で折りかえし、スタート地点にもどりつつあった。このときには荻原の歩きかたは、床を蹴って前のめりにスイーッとすすむ、いまにも泳ぎだしそうな気配になっていた。オタマジャクシがカエルになりそうだ。

「いけそうじゃない？　蹴ったらそのまま両手を前に伸ばしてキックしてごらん」

「キック？」

「バタ足のこと」

荻原はいわれるままに上半身を水のなかに投げだしたが、ひざが折れて沈みそうになる。

「おっと」おれは彼の前にまわって両手をつかむ。

彼は手をおれにあずけたまま体を伸ばし、顔をぷかりとあげた。

「顔をあげると下半身が沈みがちになるから、力まないように。ひざ曲げないで」

「引っぱってくれい」

「引っぱったら練習にならねえよ。手は添えるだけ」

おれは彼の手を軽くつかんで後ろむきに歩き、彼はバタ足をした。水をいやがって顔をあげようとするので足が沈む。おれは移動して彼の体のしたに手を入れてささえながらすすむ。彼の腹はしなやかな筋肉が感じられた。

プールを往復したところで、荻原は「疲れた」といってゆらりと背中から水に倒れてあお向けになった。腰も沈まずまっすぐに油揚げのようにきれいに浮かぶ。そしていう。

「あっ先生！　浮きました！」

「そう、じつは背浮きのほうがかんたん」

「ふとんに寝るみたいにしてるだけなのに浮く。浮くんだ俺」

「水をふとんだと思えば力を抜くのがうまくいくんだな」

「あ、すすむ。背泳ぎできちゃうみたい」

彼は水を蹴り、なんとなく背泳《はいえい》らしきものが始まった。おれはそのとなりを歩いて、彼がレーンの端やほかの人に近づきそうになると腕に手を添えて方向修正してやる。

「ああ〜寝ながら泳げるー天井が動くー」と、子どものようなことをいう彼。

そのわきのしたの淡い毛や乳首などをさりげなく観察しつつ、彼の体のうえを流れる水になりたいと思った。

さいごにおれはリクエストに応えてスイムコースをクロールで往復してみせ、プールサイドのベンチで休憩した。一本のストロベリーウォーターをふたりで交互に飲む。

荻原はプハーと息をついていう。

「緑クロールじょうずだったなー。みんな想像できないだろう、おまえがあんなに泳げるなんて。あんなに水中で自由だなんて」

「おまえが知っててくれたらいいよ」

おれはありったけの親しみをこめてそういい、彼のひざにひざをそっとふれあわせた。

こんなふうに、言葉でも行動でもアピールしているんだが、こいつはいったいどこまで気づいているのか。鈍感なのかと思ったらけっこうわかっていたりする。このあいだの河原で、おれが荻原のしたの名前を呼ぶことができないと打ち明けたとき——それが彼にたいしてだけ起こる現象だということを、「知ってるよ」といったのだ彼は！　それって、おれの気持ちをわかってるってことだろ？　そのごもこうして会ってくれるのは、つきあってもいいって思ってるってことじゃないの？

もっと近づいてもかまわない？　その目にサインを見つけようとするも、清らかな微笑をかえすばかりの荻原。おまえが天使なら名前はタテエルだろうか。

おれたちはシャワーを浴び、おれがシャワーブースを出たら、ほぼ同時に天使もとなりのブースから出てきた。

髪を拭きながら彼は笑う。

「緑ぴかぴかしている」

「いつもだぜ」

脱衣所にならんだ洗面台のドライヤーで、おたがいに熱風をかけあってふざけていたら、背後にいたおっさんに「はやくしろガキども」というような目でにらまれた。ふだんに輪をかけてつやつやしている全身洗いたてのタテエルは、笑谷宅で麻雀をする約束があるとかで、ジムを出ると未来蔵前駅で別れた。天使は麻雀をたしなむのだった。おれはまだまだ離れがたく、一秒でも長くいっしょにいたくて改札まで降りて見送る。名残おしくないのか。なんであっさりいけてしまう。天使の心の構造はどうなっている。

この二時間は夢だったんじゃないか。

あまりにも楽しすぎて、ふわふわした気持ちのもっていき場所がないまま、ひとりでファニーかもめに向かう。いつもの席に座って白い乳酸菌飲料ヨーグルコを飲みながら端末をひらき、数学の演習問題を始めるも——問題文のおなじ行のうえを目が泳ぐばかりで意味が頭に入ってきやしない。くるわけがなかった。

学校からなじみのジムへ彼をつれていったときの誇らしさ。更衣室でのあのもたつい
た着替えかたは、裸体をすこしでも長く見せてくれようとしているかのようだった。髪
をスイムキャップでおおってすっきり出た顔も美しかった。そして水中での彼の腹の皮
膚の感覚。ああ、ぶっつながりてえ。おまえとぶっつながりてえよ荻原！

「はあ……」

おれたちどうして、別べつの家に住んでいるんだろうか。ばかげた問いなのだが、心
のどこかで、その疑問をいだく感覚のほうが正しいとわかっている気もした——この惑
星では、ちがう家庭に生まれれば別べつの家で暮らすのが一般てきだが、それはあくま
で地球ローカルの習慣であって、子どもであろうが未成年であろうが気に入った存在ど
うしでいっしょにいるのが宇宙標準である、というような。

宇宙に標準なんてあるのかはともかく、おなじ家にいちばんすきな人間がいるという
のが、どこであってももっともシンプルな生きかたなのではないか。いちばんすきな人
間がちがう家にいるのがすべてのややこしさの始まりなのにちがいない。

その夜、部屋で勉強していたらドアをノックされた。

「なに」

机に向かったままいう。母がドアから顔を出した。

「緑、ドライブいかない？」

「え」

母は化粧をして、腕にはコートをかけていた。ひとりでもいくと決めているものらしい。

「いく」

おれはコンピュータの問題集や参考書のウィンドウをすべてオフにし、いすを立つ。クローゼットからダウンジャケットをつかんで部屋を出た。

父は自分の部屋で寝ている。母はむかしから気分転換といって深夜や明けがたに車で出かけることがあり、小学生や中学生のときのおれも時どきは誘ってもらえて、それはもう嬉々《きき》としてついていった。

高校に入ってからは——二年のときいらいだな、と思いながら靴をはき、母のあとに玄関を出る。もうグリフォネ・スフォルツァはガレージで目を覚ましていて、計器のブルーやレッドの輝きが暗がりにゆらゆら浮かんでいた。グリフォネがおれを認識して助手席のドアがひらく。暖かな空気があふれだす。

「どこいきたい？」

おれの左側に乗って、シートベルトをとめつつ母はいう。「どこでも」とおれは答えた。狭い車内はたちまち母の香水の匂いでいっぱいになる。

「フルール・デュノール……」

思わず深呼吸して、口の中でつぶやいていた。安らぎを感じてシートに頭をもたせかける。フルール・デュノールは母が長年使っている香水で、はなやかなのにどこか寂しい、冷たさを感じる香りが似あっていると子どものころから思っていた。そういえばしばらく母の車に乗っていなくて、この濃度で味わったのは久しぶりだった。きつい香水におれは安心感をおぼえる。

「おなかすいてる？」と、母。

「べつに。食べられなくはないけど」と、おれ。

ドライブは、近所の喫茶店に入って終わることもあれば、東京湾まで出てギャラクシーブリッジやインディゴブリッジをめぐったり、高速に乗って未来埼玉や未来神奈川にいったりしたこともある。遠出は楽しいけど、夜の海や見知らぬ街を母とふたりで眺めていると、幸福感と寂しさとなつかしさがないまぜになった巨大な感情が押しよせてきて、いつも決まって泣きたくなってしまうから、よしあしだった。

おなかすいてる？　ときいた母のほうが空腹だったようで、隅田川に面したカフェに入った。きょうのドライブは近場ですみそうだと思うと、ほっとするようなざんねんなような。母は二十七時クローズというプレートのかかった蔦《つた》のからんだガラスのドアをあける。壁にはスノーマンのイルミネーションと、カウンターには小さなツリー。観光客らしきアジア系の人たちが中央のテーブルにいて、すみのソファー席ではカードゲームをしている大学生っぽいグループ。あとは勤め人ふうカップルや、ひとりでしずかに飲む人びと。

おれと母は窓に近いテーブルについた。おしゃれな薪《まき》ストーブがそばにあって暖かい。母はサンドイッチとコーヒー、おれはクレープや小さなケーキやアイスクリームののったデザートプレートと紅茶を頼んだ。

「緑は甘いものすき?」

クレープを切りわけるおれに母はいう。母親ならひとり息子の食べものの嗜好《しこう》くらい知っててほしいと思いつつ、「うん」といった。

「現実で甘美な体験がすくないと、甘いものに依存するんだって」

「どんなつもりでいうんだそんなことを」

「あはは」

母は無責任な感じで笑う。

カードゲームの勝負がついたらしく、それまでしずかだった学生ふうグループが一瞬沸いた。

母の視線を横顔に受けつつ紅茶を飲む。母がおれを見ているのがうれしくて、目があうとそれが終わってしまいそうで、おれは川を眺めつづけた。

「学校はどう？　成績は順調？」

「うん」

「緑なら大丈夫」

「うん」

母が学校や成績のことをきいてくるのはとてもめずらしい。おれにかんしては小学校のころから、教師との面談で「緑は手のかからない、いい子です」「うちは放任主義なので」などと答えていた。手がかからないとか放任とかいっているが、母は自分のことで頭がいっぱいで、ほかの人間のことが想像できないだけなんじゃないかと思う。日ごろ母がなにを考えているのか不明なだけに、こんなふうにドライブに誘われると、しっぽを振ってついていってしまうおれ。われながら都合のいい息子だなと思うけど、気まぐれな関心でも向けられるとうれしいのだからしょうがない。

「そういえばこのあいだ……」

おれはアイスクリームをひと口食べていう。

「緑って名前でよかったとはじめて思った」

思いがけなかったようで、母はちょっと目を丸くする。

「すきなひとにしたの名前で呼ばれるようになった」

母はさらにおどろいたようだった。「つきあってる人いるの?」

「まだ……意思を確認したわけでは……でもつきあってなきゃ、あんな」

おれがごちゃごちゃいっていると、母がぶったぎる。「学校の子?」

「荻原。おなじクラスの」

「さいきんよくいってる家の子? お母さんから電話もらった」

おれが彼の家に深夜まで入りびたるので、「緑くんの帰りがおそいときはうちでお預かりしていますので、ご心配なく」と、べべさんが母に電話してくれたことがあったらしい。

「そう」

「でもその子、大学は」

「別べつだよ。荻原はもう決まってる、推薦で」

おれの志望校は未来京都大学を第一志望に、第二志望以下もすべて関西の大学にしている。

「どこ」

「滴東《てきとう》」

「滴塾墨東《てきじゅくぼくとう》?」といいながら、口もとが笑っている母。

「そうだよ」

荻原のいく学校は未来東京ヒイヅルツリーの近くにある滴塾墨東大学で、よく「適当大学」と揶揄《やゆ》される。じっさいにはいいかげんな学力で入れる大学でもないと思うんだが。

「何回聞いても笑っちゃう、その略称」

家では口数がすくなく暗い顔をしていることがおおい母が、おしゃべりをして笑っている。おれもつられて笑顔になってしまう。ティーポットから二杯めの紅茶をそそぎながら荻原を思い浮かべ、テキトーダイガクという響きはいかにもあいつに似あっているよなと想う。

「いまみたいに会えるのは春までね」と、母。

「うん」と、おれ。

「のこされた時間、思い出づくりだ」

「追いつめないでくれよ」

「ふふ」

母はカップを皿におき、ふいにハッとした顔つきになる。

「そう。クリスマスプレゼント」

といって母がハンドバッグから取りだしたのは、赤いリボンのかかった封筒だった。金銀の箔《はく》で描かれたヒイラギがふちどっている。

「まだはやくない?」と、おれ。クリスマスまでまだ一週間はある。

「いいじゃない。あけてみて」

中身はふたつ折りの紙のホルダーで、ひらくと透明の樹脂のカードが収まっていた。

おれは小声で叫ぶ――、

「プレーンディッシュ!」

「そう」母はおれの反応に満足そうにいう。「いってたでしょう、ほしいって」

「いった」

母がおれの言葉なんて憶えていてくれたのが奇跡だ。

「私はあの人とちがって、無意味なものなんかプレゼントしない」

そこで父を比較に出さなくていいんだけどな。おれは苦笑しつつもホルダーから樹脂カードをはずして照明にかざしてみる。「Merry Christmas Midori」と筆記体で刻まれていた。

二〇四〇年――おれが三歳くらいのとき、人類の月面都市移住が始まったのにあわせて、地球では人体改造をともなったサイバーファッションが流行した。造光剤を注射して顔や体の皮膚にカラフルな光を浮かべる化粧をしたり、体の内側で音楽を受信して聴き、その増幅器としてのヘッドオブジェを着用したりする若者があらわれた。服が透けて見えるカメラを眼球に内蔵したつわものもいたという。

時代がくだって、流行のなかで生まれたあまたのプロダクトのうち実用てきなものは人びとの暮らしに定着するようになった。それまで時計や端末でチェックしていたような時刻、カレンダー、気温や湿度や気圧、バイタルなどの健康情報や各種のアラート、通知などを自身の体内で確認できるよう、チップを埋めこむ人が増えてきた。それらは知りたいと思ったときにパッと「わかる」形で確認できる。

はじめはセレブリティーや一部エリートのステータス表現のようだったけど、しだいに一般のビジネスパーソン、そして若者たちへと広まっていった。いまは高校や大学の卒業入学祝に贈られたりもする。

体内埋めこみチップのブランドはいくつもあるが、「プレーンディッシュ」は安全性に定評があり、柔軟に機能拡張していける基本タイプとして初心者に人気のあるブランドだった。埋めこみ手術を受けられる正規クリニックが都内にたくさんあるのも人気の理由だ。

「冬休みに入ったら手術してきたら。春休みはこむっていうから」

「わかった」

おれはプレーンディッシュ招待カードをふたたびホルダーと封筒に収めた。

クリスマスまで秒読みだ。荻原、おまえはことしだれとすごすんだ。おれといてくれと頼んでもいいのか。そのことだけが知りたいのに、きけない。

放課ご、おれは未来原宿《みらいはらじゆく》の「イルヘルム」にいた。イルヘルムは小学生のころ、子ども向けリップバームやハンドクリームを買ってもらった科学や薬学寄りのコスメティクスブランドだ。

英字の書かれたシンプルな容器をおれに渡しながら、父は「緑、イルヘルムは世界の一流登山家ご用達《ようたし》のリップバームなんだぞ、これを塗っておけばどんなに寒い山でも平気だ」といった。「世界の一流登山家ご用達」というところに幼少のおれはしびれた。その言葉の魔法のような頼もしい響きと、ほんものを与えられた、大人あつかいをしてもらったというよろこびはいまも忘れられない。

父からの贈りものはとんちんかんなものがおおいのだが、イルヘルムはたまたまおれの趣味どまんなかで、それからもリップバームはずっとここのを使っている。昨夜、寝るまえに唇に塗ったとき、荻原へのクリスマスプレゼントはこれにしようと思った。

イルヘルムの製品はふつう、容器には名前と成分表記があるだけで薬品のような素っ気なさなのだが、いまだけクリスマス仕様のテディベアの絵があしらわれている。サンプルの平べったい丸缶をあけてみる。なんとなく、無香料のはプレゼントにはさびしい気がするし、ユーカリはあいつにはドライすぎるかな、オレンジってイメージでもないな、などと香りをくらべる。

しかしリップバームを贈るだなんて、「おれのために唇をケアしろ」といわんばかりじゃないか？　まるで狙っているような……いや、狙っているのはたしかだが……などと、リップバーム売り場でぶつぶついいながら迷う。さいごにひらいた缶はミントライムのさわやかな香りで、ひと息吸った瞬間に、彼にぴったりだと思った。

紺色のリボンでラッピングしてもらい、店を出る。

ひさしぶりの未来原宿を駅までぶらつく。ホログラムでいろどられた街路樹やビルのあいだを歩き、見あげた夜空には小判のような金色の斎の船が浮かんでいた。あの船が飛んでいるということは、きょうもどこかで人が亡くなっているということなんだなと思う。

おれはいま十八歳で、いつか死ぬということは究極の常識として頭に放りこんであるだけで、実感はまったくないが、いつかどこかのタイミングでこの兼古緑という人間は終わるらしい。いまタクシーから飛びだして建物へ消えていった、いかにもある集団内における重要人物然とした紳士も——地下鉄の入口で抱きあっている男女も——大きなバックパックを背負った薄着の外国人も——みんないつかそれぞれの場所でそのときを迎える。

おれの愛する荻原も。

夜空に斎の船がふえてきた。視界にざっと二十あまりは光っている。こんやもあのなかのどれかに彼が乗っているのかもしれない。

その日はファストフード店でハンバーガーを食べ、予備校で授業をふたこま受けて帰った。

いつもの道の、さいごの角を曲がって家が見えてくる。百メートルも手前から、まわりの家のなかでうちだけが窓に明かりのないことがわかる。時どき、窓やドアの配置が顔っぽく見える家というのがあるが、うちもそうで、子どものころは帰宅時に、歩いていて家が見えてくると、「ただいま」と手を振ったものだ。そうすると家が笑ってくれるような気がした。

ガレージに、グリフォネ・スフォルツァがなかった。父もまだ帰っていないようだ。

玄関に入る。ハンバーガーでは三時間ともたず、また腹がすいていた。帰りになんか買《か》やあよかった——食卓にリュックをおいてなにげなく冷蔵庫をのぞいたとき、いままで感じたことのない、具体てきで強い不安が胸にきざした。

なにかおかしい。

冷蔵庫のなかに、常備している調味料いがいほとんどなにも入っていない。父が買ってきたらしい惣菜《そうざい》がひとつ。賞味期限をすぎている。あとはおなじくいつからあるのかわからない、底にすこしのこったジュースも一本。それだけだった。

母を家で見かける日が——だんだん間遠になっていやしないか？　さいごに会ったのは、夜中にドライブに出かけて、川沿いのカフェでプレーンディッシュの招待カードをもらった日だ。あれは先週の金曜で、きょうは火曜だ。

「あ」

あることに思いいたり、はっとして声が出た。

あの夜はやばやとプレゼントをくれたのは、クリスマスには会えないという意味だったんじゃないか？　うちでは毎年、かたちだけではあったけど、クリスマスイブか当日どちらかの夜は家族三人でそれらしい食事をしたものだ。その何日かまえから居間にツリーを飾ったりもしていた。ことしはまだだろうと思っていた。でも、母にはもうその気はないってことなのかもしれない。

おれは心配性でいろんなとりこし苦労をするが、これはみょうな確信があった。うちにはもう、家族だという体裁をとりつくろう力ものこっていないんだ——。

二学期の終業式の夜、荻原家で勉強をしていると、彼に笑谷から電話がかかってきた。相手の声は聞こえないが、彼のあいづちを聞いていればくだらない話なのはあきらかだった。

「あー。んー。そうらね」

荻原はふざけて下唇にウエハースをぶらさげたまま、不明瞭な発音で答えている。おれはその可愛くもまぬけな顔を盗み見ながら問題集をすすめる。

「いや、ひらない。だいびょうぶなんやない？　――え？　ハハ、うえはーす、いや、こっひのひょひょ」

といって笑っている。なんて他愛のない……。ちょっとうらやましい……。荻原って、恋愛に興味ないだとか達観したようなことをいったりするわりに、こんなアホっぽいこともするんだな。あの低レベルな連中とつるんでいるうちに幼児性が感染したのか、そもそもこういう一面が奴らと引きあったのか。

「はーい、おやすいー」

電話が終わり、ほっとするおれ。

荻原は愉快そうにウエハースを唇からはがして、はらはらと粉をこぼしながら食べ、ずずず、と紅茶をすすった。そしておれにも、「さあ緑、もう一杯お飲み」といってカップをよこせという身ぶりをする。彼にカップを渡し、魔法瓶から自分のカップに紅茶がそそがれるのをこそばゆい気持ちで見守る。

自宅でファミリーレストランで、セルフの茶を何千杯と飲んできたおれだからわかる、すきな人にいれてもらえるありがたさ。もしもふたりが家族なら毎日だってこんな時間をすごせるのに。

おれとこいつは、家族になれる日がくるんだろうか。

「はがれたところが痛い」

下唇の裏側に舌先でふれながらいう荻原。

平和な彼を見ていると、言葉がこぼれた。

「どうしてもっとはやくに始まらなかったんだろう」

え？　と、彼は目をしばたたかせる。

「二年からおなじクラスだったのに。祭りや花火大会にいっしょにいきたかった。ニューー花とか、ほおずき市とか朝顔市とか酉《とり》の市《いち》とか、初詣《はつもうで》とか花見とか海とかサンバとか。修学旅行もおなじ班になってれば――」

「サンバ」荻原は噴きだす。「まさか出るほう？」

「見るほう」おれはぼそっと答える。

「そうねえ……」

彼は天井をあおぎ、数秒考えているようすだった。そしていう。

「じゃあ緑、いまからできることをやろう。ニュー花や初詣ならこれからだっていける」

「ほんと？」

きけそうだ。

いまだ、と心の声がする。ずっとききたくてきけなかったこと、このタイミングなら
「うん」

「クリスマスに――いかない？」

「ん？」

「ニュー花。クリスマスに」

「………」

荻原はだまって天井のあたりを見ている。おれは沈黙に耐えきれず、いう。

「だ、だめ？　もしかしてもう先約ある？」

「あー、いや、あいつらと約束あったけど、流れたんだ。ツンドラが家族旅行で」

「じゃああいてる？」

「うん。ただ、めちゃくちゃこんでるよ。クリスマスのニュー花やしき」

「そんなのぜんぜんいいぜ」

「そう。じゃあ、覚悟して」

「わかった」

その朝、未来浅草の空は晴れていた。

人生ではじめてすきな人とすごすクリスマスイブ。きゅうきょ決まったスケジュール帳の「二十四日十一時・ニュー花」が夢じゃあるまいかと、一日に何度も、端末をひらくたびそこをまず確認してしまうおれだった。

待ちあわせのニュー花やしき入園ゲートに、おれは二十分まえにはついていた。クリスマスプレゼントのリップバームももってきている。

ニュー花やしきは、小学生のころにきたきりで、おれの人生でまたくることなんてあるんだろうかとアトラクションを見あげて通りすぎるばかりだった。もしまたこられるとしたら、そのときの自分はいまよりも幸せなはず——愛する人ときているはずだと、ばくぜんと信じていた気がする。

小学生のおれ、見てるか。おまえの思ったとおりになったぞ、と、誇らしい気分でニュー花やしきの入園ゲートを背にした景色を見わたす。とはいっても、現実に荻原があらわれるまでは、この約束はおれの思いこみではないかという不安が消えない。

入園してゆく人びとの表情やいでたちに特殊効果というか、ふしぎなきらめきがあるように見えるのは、おれの心が非常事態だからなんだろうか、遊園地っていつもこんな感じなんだろうか。

彼はどこからあらわれるだろう、と、通りの左右に目をやりながら立っていると、時間どおりにやってきた。いつものようにだれよりも輝いて——そして、見かけない人物をともなって!? えええ!? 荻原の横には大柄な白人の男が歩いていて、親しげに談笑している。

なんなんだそいつは。彼らに目が釘《くぎ》づけになっていると、荻原はおれに気づいて軽く手をあげる。白人男は数秒こちらを凝視して、なにか彼に耳うちし、離れていった。

「緑」ににこにことして目の前にやってくる荻原。「待った?」

「いまの人なに」

「さあ? 演芸ホールまでの道きかれたからつれてってあげたら、すごい行列なの見てやっぱやめたってなって、ほかにどこがおすすめ? あまり人がいないところがいいんだけど……って話してなんとなくいっしょに歩いてきた」

「おまえそれナンパじゃんか」

「してないよ」

「おまえがされてんだよ」

「え?」

「しっかりしろよもう!」

彼の手をつかんで入園する。一日フリーパスを二枚購入する。

たぶん、おれがきょう待ちあわせよりだいぶはやくついて待っていたのは、彼を待たせると学校の奴らにかまわれたりするんじゃないかという心配が、無意識のうちにあったからだった。しかし外国人にナンパされながら登場するという、想像を超えた現実をまのあたりにしたいじょう、荻原がここで誘拐されるかもしれないというおそれも杞憂《きゆう》とはいいきれない。おれはふたりの端末に迷子防止機能をセットした。

営業不振で過去に数回閉園の危機にさらされているニュー花やしきだが、夏休みや冬休み、とくにクリスマス期間なんかはうそのようにこみあう。アトラクションやフードコートは長蛇の列。まずはメリーゴーラウンドの最後尾につく。

「これじゃ順番待ちで一日終わる。作戦を立てよう。はじめにこっちで乗りものに乗って、後半がバーチャルな？」と、おれ。

「そうしよう」おおらかにほほえむ彼。

ニュー花やしきは手前がむかしながらの遊園地エリアで、奥がサイバースペースアトラクションのエリアになっている。

「こっちではメリーゴーラウンドと、ムーンフォースコースターと、観覧車……に、乗る？」

「コースター系俺酔うかも。緑乗りたかったら乗っていいよ」

「あ、じゃそれはやめてフラワーカート」

「オーケー」

きょうはたくさんの乗りものに乗れないかもしれない。でも、ふたりで一冊のパンフレットを見ながら、なににどの順番でならぶか、いつ食事にするかと相談するこの時間がすでにものすごく楽しい。

「あ、たっくん先輩だ！」

そばを通りかかった集団からするどい声がした。

「おぎはらたっくんいるよ！　たっくん！」

「キャー！」

女子ばかり六人ほどの集団は方向転換しておれたちの——正確には荻原のほうへやってくる。知らない顔ばかりだが、ひとりだけ学校の委員会かなにかで見おぼえのある奴がいて、これは未来浅草高校の二年生たちであろうと推定する。

「あいさつしなあいさつ」と、友人たちに背中を押されて、赤い顔をしている女子がいた。たぶん集団内でこの子がいちばん荻原ファンなのだろう。

「こんにちは」と、パープルの熊の耳あてをつけた女子は、消え入りそうな声で。

「こんにちは」と荻原が答え、あいさつが成立すると友人たちはギャーッと祝福の咆哮《ほうこう》をあげた。

六人はおなじような化粧、というか、全員目尻にポチッと赤い色をのせていた。人気アイドルグループのしているメイクで、女子のあいだではやっている。

「もしかして、いまひとりですか？」と、豹柄《ひょうがら》フレームメガネ女子が荻原を見あげて意気ごんできく。

「いや、こいつと」彼はおれを指す。

女子集団はいっせいにおれを見て、半笑いが固まったような表情になる。なんだこのテンションの低さは。豹柄フレームメガネは荻原に向きなおり、熊耳あての肩をぐいっと押していう。

「この子と写真撮ってもらってもいいですか？」

「キャッ」熊耳あては爪のキラキラした手で口を押さえる。

「いいよ」と彼が答えると、集団のひとりが興奮してポップコーンをこぼした。

荻原とおれのあいだに熊耳が割って入り、豹メガネが写真を撮る。

熊耳とだけ撮ればよいのかと思ったら、やっぱりあたしも、あたしもとつぎつぎ入れ替わって、気づけばけっきょく六人全員と撮っていた。

「先輩ありがとうございました！」

「おじゃましました！」

「これからも素敵なたっくんでいてください！」

「よいクリスマスを！」

おそろいメイク集団はサンタにプレゼントをもらったようにほくほくと去る。

芸能人がいるとでも思ったのか、行列の前後の人びとがこちらをのぞきこんでくる。荻原の顔を確認して、そうではなかったらしいとわかり、ざわめきがしずまっていく。そのあいだずっと彼は堂どうと前を見て立っていた。その落ちつきぶりはまるで、このさわぎも注目も彼にとってはなにも起こっていないも同然というかのようだった。

「いまの子たちだれか知ってる？」と、おれ。

「いや」

「うちの二年、たぶん。見たことあるのがいた」

「ふーん」

「しっかしおまえは……この小一時間でナンパされたり写真頼まれたり、ちょっとそとに出るとこんな感じなの？」

「道はよくきかれる」

「その何割かは誘われてるぞ」

「考えすぎ」

「考えなさすぎ」

おれたちの乗る番になる。おれと彼はメリーゴーラウンドのとなりどうしの白馬にまたがった。花のワルツが流れ、舞台がまわりだす。ぐんぐんと展開する視界に幸せそうな人びとの顔がつぎつぎとめぐる。

「あれ？　俺の馬ツノがある」

荻原が笑う。見ると彼の乗っている馬にはひたいに金色の角が生えていた。おれの馬にはなく、見える範囲の馬にもない。

「そういえばここのメリーゴーラウンド、一匹だけユニコーンがいるんだった」と、彼。

「狙ってなかったよな」

おれたちは順番のさいごのほうで、空いていた馬に乗ったのだった。

「狙ってない」彼は首を横にふり、ゆかいそうに金色の角にふれる。

こいつときたらほんとうに王子さまだな、特別な馬のほうからやってくるだなんて。

荻原の幸運というか強運にはため息がでる。

フラワーカートは花で彩られたゴーカート。最高で時速三十キロまで出る。ふたり乗りもできるが、彼とおれひとりずつカートに乗って競走することにした。風船で作られた壁にめりこんでいる幼い兄弟のカートや、おっかなびっくり運転の女子をつぎつぎ追いぬかすおれ。いちおう日ごろバイクに乗っているので圧勝かと思いきや、荻原もなかなかのハンドルさばきとアクセルを踏みこむ度胸のよさでついてくる。

楽しすぎてこわいほどだった。親友とか恋人とかそんな立場はどうでもいいと思えるくらい、ただ彼という人がそばにいていっしょに遊んでいることが奇跡に思えた。いまこの瞬間を、無我夢中に、めいっぱい楽しんでいたいのに、きょうが終わってしまったらという考えがどうしてもよぎる。きっと微妙な表情になっているのだろう、そんなおれに気づくと、荻原は「どうした?」といいたげな目をする。

ああバカ、暗い顔するんじゃねえ、楽しむんだよいまを。ずっと待ち望んでたクリスマスデートなのになんで悲しくなるんだ。

コースを三周して、からくもおれが競《せ》り勝った。ゴールで花のカートから降りる。

「緑本気じゃなかったろ」

「本気だったよ」

「考えごとしてるっぽかった」

「べつに」

ランチタイム終了間近のフードコートに入り、荻原はカレーライス、おれはしょうゆラーメンを頼んだ。荻原はカレーを食べおえてオレンジジュースを飲み、上機嫌でいう。

「緑知ってるか、この世で最高なものはカレーのあとのオレンジジュース!」

そう断言した彼のあまりの無邪気さ可愛さに動揺し、スープが気管に入りそうになる。

「そ、そうか」

「うまい。じつにうまい」

「カレーにすればよかったかな」おれはスープを飲みほしたどんぶりに箸をおく。

「おっ、緑全つゆ」

「全つゆ？　汁ぜんぶ飲むこと？」

「そう」

彼はどんぶりをのぞきこんで「喜がふたっつ」という。

「なに？」

「楯くんのどんぶりチェック。全つゆしたらどんぶりの底のもようを見る」

白いメラミンどんぶりの底には、白磁の染付けっぽく青い文字で「喜」がふたつならんだ双喜紋が描かれていた。

「これだと、なに？」と、おれ。

「ハッピー」

「だいたいどんぶりって龍とか鳳凰《ほうおう》とか双喜紋とか、めでてえもんが描いてあるんじゃねえの」

「喜がふたつはダブルハピネス、ハッピーな人がふたりってこと。きょうの俺たちにぴったり」

その笑顔を見て、なんともいえない温かさが全身にひろがっていくのを感じた。荻原が、お世辞でもふりでもなくて、ほんとうにこの時間を楽しんでいるということが伝わってきたのだった。

「いい天気だ。きょうはいい日だ」

彼は空をあおいで目を細める。

大すきな人がおれのそばで、こんなに幸せそうにしてくれているのに。これいじょうのことなんて望むべくもないのに。きょうが終わることをおそれて百パーセント楽しめないなんておろかすぎるぞおれは。

卒業ごも未来東京にとどまろうと、考えたことがないわけじゃなかった。一浪してこっちの学校を受けなおすとか。しかし、荻原といまのまま会いつづけられたらとさんざん夢想しながらも、春からの関西ゆきを変えようとはしない冷静な自分がいた。

仲間がほしい、ひとりでいいから。それがおまえだったらおれはもうほかになにもいらない——その思いにうそはない。

うちの両親が別れるのは時間の問題で、そうなったらおれはもうぜったい、荻原にずぶずぶに依存してしまう。自分をコントロールできる自信はまるでない。十八年生きてたったひとつ築けたたいせつな関係をだめにしないためにも、おれには春から彼と離れるしか道はないのだろう。そして、それと同時に、だれもおれを知らない場所で、自分の力を試してみたいという気持ちもたしかにあるのだった。

「さて観覧車だ」彼が立ちあがる。

おれたちはセルフのカウンターに食器をさげ、フードコートを出た。

冬の太陽ははやくも黄色みをおびてかたむきつつある。それをタイムリミットが近づいていると感じてしまう心理状態からなかなか抜けだせない。せっかく荻原がダブルハピネスといってくれたのに。おれって奴はどうしてこうネガティブにできているんだろう。

観覧車は二十分ほどならんで乗ることができた。真っ赤に塗られたキャビンにふたりで向かいあって座る。

鉄板のかたい背もたれに体をあずけ、荻原はアアーッと小さく吠えて伸びをする。

「腹いっぱいで眠い」

「はは」彼と、ひざがしらがふれあいそうな空間にふたりきりで緊張するおれ。

はちみつ色の日ざしを浴びて、彼の瞳はふしぎな色をしていた。吸いこまれそうになって見つめていると、「緑のそのヘアスタイルって」と、ふいにいう。

「え」

「いつから？」

彼に正面から見つめられてどぎまぎする。「こ、この髪？」

「そう。七三がよくお似あいで」

「た――たしか記憶のかぎりはじめてつれていかれた美容室で、この子サラリーマンみたいにしてくださいっていって母親がいったんだよ。そうしたらこの髪型になって――え？なんで笑う？」

おれが話しているとちゅうで、荻原は腹を押さえて笑いだしたのだった。

「お、お、おもしろすぎる。つづけて」

当時、幼稚園にあがるかそこらだったはずだが、その場面をよく憶えている。ふだんおれのことに関心のうすい母親が髪型に口出ししてくれたのがうれしかったんだろう。

「それいらい、おなじ店でおなじ髪にしつづけてる——ちょっと、大丈夫？」

座席に横たわってしまいそうな、なんだか心配になるくらいの笑いような彼だった。

「ハハハ、サラリーマン、サラリーマンみたいに」

「子どもの髪なんてどうしたらいいかわからんから、そつなくまとめてくれって意味だと思うんだけど。おかしい？　ビジネスパーソンならおかしくない？」

「そういうことじゃない」荻原は涙をぬぐいながらいう。

彼がこんなに笑ってくれるとは。自分は人を笑わせる才能がとぼしいと思っていたので、うれしくなってしまう。

「かなりおもしろいおばさん。そのセンスで育てられたのか緑は」

「いや、いつもはおれにぜんぜん関心ない。だからこそ、自分のことに介入してくれたっていうのがめずらしくて憶えてんの」

「口は出さずに金だけ出す親が理想って、エミがいってたけど」と、彼。

エミとは笑谷のことだ。

「口出しされるうちが花」と、おれ。

おかしさがくすぶるようにしばらく笑っていた彼だったが、窓のそとを見て「お、いつのまにかてっぺん」といった。

地上から見あげていたアトラクションもいまや眼下のものとなり、人びとはごまのように小さい。そしてニュー花やしきの内にも外にも、この空のしたの空間すべてに冬の日ざしがマシュマロのごとく満ちていた。

彼がふいにいう。

「緑、目をとじてごらん」

心臓がきれいに「ドッキーン」と鳴った。

まさか、キスか。キスしてくれるのか。ついにこのときがきたのか。ちょっと待ってくれ心の準備が。

おれの貧弱な恋愛辞書では、密室で目をとじるようにいわれたらそれはもう口づけの予告であるとしか解説されていない。それいがいの解釈はない。

緊張のあまり顔がひきつっているのを感じつつ、どうにでもしてくれと目をとじる。

ひざのうえにおいていた右手がとられ、彼の温かな両手にそっと包まれた。握りかえそうとするとその手は離れ、おれは串のような細い棒をもたされていた。

「はい、あけていいよ。メリークリスマス」

え？　キスじゃないの？　肩すかしな気分で目をあけると、手には透明なプラスチックの棒。その先にはリボンのついた小さな和紙のふくろがある。

彼はほほえんでいう。「プレゼント」

これもまた思いがけないことだった。「わっ、あっ、ほんと。ありがとう」

あけないの？　というように、窓にひじをついてこちらを見ている荻原。そのまなざしのなかで、指の震えをもはやごまかせないまま細いリボンをほどく。ふくろからあらわれたのは――透明なフィルムに包まれた、シマリスのフォルムをした飴だった。

「うわああ」なんといったらよいのか、みょうな声をあげるおれ。

シマリスは眼鏡をかけていて、両手でたいせつそうにどんぐりをもっている。

「可愛いよね」

荻原は目を細めていう。

「友だちにプレゼントっていったら、友だちの特徴はってきくから、眼鏡してるっていったら眼鏡も飴で作ってくれた」

メガネシマリス飴は未来浅草の老舗飴細工店のものだった。ここの飴は、熟練の職人がはさみひとつで飴のかたまりからあらゆる形を作りだしてゆくのだが、とくに動物が生きいきした造形をしていることで有名だ。外国人観光客にとても人気がある。

「……可愛すぎてとても食べられない」

黒い瞳のつやつやしたリスを見つめ、おれはそれだけ、やっといえた。

「ねー」荻原はくすくす笑う。

「おれもあるんだよ、プレゼント」

おれはバッグからイルヘルムの白い紙ぶくろを出す。

「なんだろう。あけましょう」

彼がふくろをあけ、ラッピングをといてゆくのを見つめる。

「リップバームだ」

「むかしからすきなメーカーなんだ。それいいよ。てかてかしなくて」

手のひらにのるサイズの、白く平べったい丸い缶をうらおもてして見つめる荻原。ふたをひらき、なかに詰まった黄色いバームに鼻を近づける。

「いい匂い」

「おまえのイメージ」

「俺こんなにさわやか？　ありがとう」

彼はそういうと、缶から直接唇にバームをつけた。ふむふむと唇を噛んでなじませて、いう。

「いい感じ」

いいいたい。

いますごくいいたい、「おれを待っていてくれ楯、だれのものにもならないで！」と。彼にすきだといいたい。このさきなにが起こるかまったくわからんが――めちゃくちゃな荒波が待っている気がしてならないが、おれはきっとずっと、おまえがすきだ。

春からひとりになるのは、それは、一日もはやく力強く生活できる人間になるためで――そうなったらおまえをむかえにくるから、だから、おれを待っていてほしい。いまはまだ恋人だともなんともいえない関係で、ピンとこないかもしれないが、おれにとっておまえが運命の相手なのは確実だ。おまえにとっておれはそうじゃないなんて、そんなばかなことあるわけない、おまえにとってもきっとぜったいおれがそうだから！

告白の言葉が、前歯のうらまで出かかっている。

いえ、いまだ、いえよおれ！　こんなシチュエーションにどとない。

しかし光り輝くような荻原を見ていると、彼の美しい将来をそんなあてもない約束でしばりつけることはとてもできない。

すきだ楯――それだけでいい、約束なんかいらない、あとのことはいってから考えればいい、それだけならいえるだろ！

「いえ」とけしかける魂のおれと、完全に固まってしまった体のおれの壮絶な戦い。おれも彼もなにもいわない、数秒とも数十秒ともわからない時間が流れる。

しんしんと地上に近づくおれたちのキャビン。人びとの表情がはっきりわかり、看板の文字が読めるようになる。荻原は窓に手のひらをつけてそとを見ている。周囲に音楽が濃くなってくる。

観覧車は終着。ニュー花やしきの制服を着たスタッフにドアをあけられる。

バーチャルことサイバースペースアトラクションのエリアについたころには、夕方になっていた。

ドーム内の迷路を戦士や魔法使いになったつもりですすみ、あらわれた敵を剣や魔法で倒していくゲームをした。おれと荻原ふたりとも魔法使いになろうとしたところ、ペアならば分業するのが有利だとスタッフにいわれ、ジャンケンで負けたおれが戦士になる。やたらでかい剣をふりまわす戦士って、ばかみたいでいやなんだが。

「おれは頭脳派だからさ」

スタートまえに腰にベルトを巻き、剣をさすおれ。剣はそこそこ重みのあるシンプルな棒だが、これがバーチャルの世界では炎をおびた両手もちのグレートソードとなる。

「緑は頭脳派ってより感情派」

といいながら、ぺらぺらしたマントを身につけて傘の柄《え》のようにカーブしたスティックをもつ荻原。これもゲームが始まれば重厚なビロードのローブ、大きな宝石のはまった曲がりくねった杖《つえ》にはや変わり。

「聞きずてならんな」

「だってそうじゃん」

「はーい、おふたりさんスタートでーす」スタッフがいい、明かりが消されてオートですすむ道が動きだす。

意見がそろわないまま冒険の旅に押しだされてしまったおれたち。舞台は暗く湿ったダンジョンだ。

「おれのどこが感情てきだって？」

目の前にピョンと飛びだしてきた、ゼリー状のモンスターを炎の剣で焼ききる。モンスターは蒸気をあげて消えていった。

「だからそこが。おまえは自分を知てきでクールなキャラだと思ってるふしがあるけど……」

「知てきでクール、そのとおり」

「認識がずれすぎてて話にならないな。ほい、アイスブルーロッド！」

前方からはいよってきたサラマンダーに向かって呪文を唱えると、彼の杖からつららの矢が無数に放たれて敵を無力化した。

壁からたれさがる食人アイビー、甘い香りの糸で獲物を誘うサッキュバス・スパイダーたちを焼きはらい、毒の沼を凍らせて渡った。しだいにゲームの難易度はあがり、おれも荻原もいつしか無言でおたがいの呼吸を読み、協力しあっていた。

ちょっとした壁をクライミングしたしつり橋も渡った。時間がたつにつれて装備（おれはベルト、荻原はマント）の重さが増してくるのだが、これが疲労してきたということらしい。おれの愛《いと》しの魔法使いはかなり弱ったようで、アイテムのなかのリフレッシユフォーミュラ（という名のスポーツドリンク）を飲み、装備を軽くした。回復魔法を使える僧侶系の仲間がいないので、体力回復はこのフォーミュラを飲むことでのみ可能となる。魔法使いが休んでいるあいだ、戦士なおれは周囲にわいてくるモンスターを退治しながら待った。

「はあ、あとどれくらい？」という、彼の息があがっている。この体力のなさ、ほんとに魔法使いっぽい。

「もうすぐボスだろう」おれはあと二周くらいできそうな余裕があった。

ダンジョン最奥のボスキャラは、青黒い肌色をした不動明王っぽいルックスの魔王だった。魔王の体の数か所にある弱点ポイントを攻撃するには、周囲の岩に登って高みから剣を刺したり、振りあげた巨大な足のしたをくぐりぬけて背後から切りつけたりと、戦士はやたらと動きまわらねばならない。魔法使いは岩陰にかくれて杖の先だけを出して呪文を唱えていた。どうにかこうにか、魔王をたおし、そこそこのポイントだったおれたちは景品のラムネ菓子を獲得した。

ドームのそとは宵闇で、園内は照明が灯されていた。ピンク色の販売車でクレープとジュースを買う。

クレープを食べながら、ふたりの足はニュー花やしきの出口へとなんとなく向かっていた。まだまだ離れたくないが、荻原はさいごのアトラクションでかなり疲れたようだし、きょうは午前中からいっしょにいてもらったし……ここで帰らせてやるのが紳士というものだろう。

「帰ろうか。家まで送る」とおれがいうと、彼はにっこり笑った。

親しくなって二か月ほどだが、この数日で、やっとちょっと彼という人がわかってきた気がする。なにを頼んでも彼は「いいよ」と肯うものの、こちらの提案が彼の思いとマッチしたときには、こんなふうにほころぶように笑ってくれるのだ。

帰りのことを考え、すこしでも長くいっしょにいられるように、きょうは歩いてきていた。読みが当たって心のなかでガッツポーズをする。

観覧車では告白する寸前まで気持ちの内圧が高まったが、バーチャルダンジョンで発散してしまったらしい。いまのおれはリラックスして彼のそばを歩いている。

見あげれば、手まねくように楽しげに夜空に散らばる、冬の星ぼし。それが目に入った瞬間、この人と星が見たい、この人と出かけたい、この人ともっと遊びたい、と、いくつもの願いが流星群のように胸を伝った。

荻原の部屋の、もらいものだというサザヅカのことを思い出した。彼はバイト先の葬儀社に茶飲みにくる近所のばあちゃんたちに可愛がられており、ものやこづかいをちょくちょくもらうらしい。うさぎや猫のキャラクターの服やオレンジの毛糸靴下など、謎センスなものを着用している場合、十中八九ばあちゃんたちからの進物だ。

「ササヅカでなんか見ようぜこんど」

と、おれは、彼の部屋の望遠鏡の優美な木製三脚を思い浮かべながらいう。

「いまならなにが見えるの」

「オリオン大星雲とか双子座の散開星団とか……見せたいのはペルセウス二重星団あたり。ＩＣ１８０５とか」

「番号でいわれてもわかんない」

「ちょっとおもしろい形してるんだ」

ＩＣ１８０５はその形状からハート星雲と呼ばれているが、それは照れくさすぎていえなかった。

荻原家の前につく。

「楽しかった」と、彼。

「うん」おれは飴の棒をつまんでくるくるまわす。

どんぐりを抱えてあちらこちらを向くメガネリス。おれに似ている気もしてきた。

「ありがとう。しばらく飾っておく」

荻原はうなずく。「リップバーム使うよ」

「うん」

「じゃあね」

「また連絡する」

彼が家に入って戸がしめられるまでを見届ける。

両親のこと、荻原への想い、そして受験。どれかひとつだって心を占めるにじゅうぶんな問題なのに、三ついっぺんに押しよせるなんて。おれの人生、宇宙がおもしろがっているとしか思えない。たぶんなにもかも最高のタイミングで起こっているんだろう、そう信じてのこされた時間にいまからできることをしていくだけだ。おれたちにはぜんぜん、思い出がたりない。


母が帰らないままクリスマスがすぎた。

うちはどうなるんだろう。

予備校のあとまっすぐ家に帰るのがこわくて、ハヤアキッヒコをとめている駐車場にはゆかず、足はふらふらと未来上野方面に向かい、なにも考えずにおおぜいの人といっしょに交差点で立ちどまる。

冷たい夜風に肩をそびやかして、耳を手で温めながら信号を待つ。青に変わって動きだす人たち。だれもがしっかりした足どりに見えるけど、みんなそんなに確固たる行き先があるのだろうか。

夜空を見あげて一歩踏みだしたとき、おれは料理を覚えるんだろうな、と、ふと思った。

未来京都の大学生になったら——向こうには頼れる人がいないのでひとり暮らしをすることになる。いまのように気ままに外食するのもいいが、せっかく自分だけのキッチンをもてるなら料理のスキルを身につけたい。それはサバイバル率の上昇につながるし、純粋に楽しそうだ。毎日はむりかもしれんが週末だけは時間をかけてすきなものを作るとか。そんな想像をするとかすかに心が明るむのを感じた。料理という趣味はおれの助けになるだろう。

空はほおを切る風を吹きつけてくるばかりで、星のひとつも見えない。

どこかに入ってなにか食べようかとも思いつつ、腹がすいているのかどうかもよくわからない。心と体がばらばらになったようなおぼつかなさで未来上野をむやみに歩きまわり、けっきょく予備校にもどってバイクで帰った。

明かりのない家につく。

暗い玄関で、棒状のものをごりりと踏んで足首をひねりそうになった。照明をつけると、蹴散らされた何足もの靴のうえに傘が横たわっていた。シューズボックスのうえで倒れている植木鉢を起こして、こぼれた土などはとりあえずそのままに、入った居間はこれまで見たことのない荒れようだった。目にした瞬間めまいがして、この光景が夢であってほしいと、頭が痛くなるほど強く思った。

「緑」と小さく呼ぶ父の声がした。どこだろうとさがすと洗面所の入口に立っていた。水の流れる音がする。

「そこにいたの」

「………」なにもいわずに、ゾンビのように青い顔でつっ立っているばかりの父。酔っているときはいつもこんな感じだ。

「めちゃくちゃだなもう……」

おれはかばんをおいてソファーやテーブルの位置をもどす。どうも暗いと思ったら、照明がひとつ落ちて割れていた。

「あぶね」足もとに大きな破片が転がっていて飛びのく。

かけらを拾って集めていると、父がよろよろと洗面所から出てきかけて、くるなとおれは制する。掃除機でじゅうたんのうえを念入りに吸う。ほかにもこわれているものはないかさがす。いつだったかの夫婦げんかのときにこわれ、おれがもち手を修理した花瓶が、こんどは胴からぱっくりと割れていた。母がよくカサブランカを飾ってたいせつにしている花瓶だった。

おれは母が、自分の結婚を失敗だったとぼやきながらも結婚祝いの花瓶を飾っていることが、ずっと理解できなかった。でもそれも、ついに割れた。

「緑」

ばかのひとつおぼえのようにおれの名を呼ぶばかりの父に、すこしいらだつ。「なに」と低く答えながら、ソファーについた黒っぽいしみを拭くがとれない。

なんだこれ？　もしかして、と、洗面所の父を見ると、だらりとさげた右手の先から血がしたたっていた。

「うそ。けが？」

「ああ……」父は力ない声を出し、うなずく。

水を流しっぱなしなのは、手を洗っていたらしい。血のついた手で触ったあとが洗面台のあちこちにある。

「母さんは」

「逃げた。あいつはおれたちを捨てたぞ」

「え？」

「とんでもない女だ」

おれは救急箱をさぐり、メディカルフィルムで父の手の傷口をおおった。

その要領をえない話を総合すると——父が仕事から帰ると、部屋の机のうえに離婚届があった。父が届に気づいたとき、母がその兄をつれてあらわれて「判をおして」と迫った。この伯父は母の結婚生活を新婚当初から心配していた人で、さいきん母は「命の危険を感じる」と相談していたようだ。

父は母につかみかかり、伯父が割りこんだ。父は花瓶をつかんで怒りの矛先を伯父へ。手指の負傷はこのときのものだという。警察がきていないらしいのは伯父が通報したい気持ちをなんとか踏みとどまってくれているんだろう。おれをおもんぱかって。

話を聞いているうちに、自分が帰宅して離婚届を見たタイミングで母と伯父のあらわれたことにたいして、父は「はめられた」と感じ、激昂《げっこう》したのだとおれは理解した。母の性格からして、確実に判をほしいとあせるあまりに父のようすをどこからうかがい、ころあいを見計らって家に入ったというのはありうる。母は他人の心の動きに鈍感で、父の神経を逆なでする言動をよくするのだった。

ポケットのなかの端末に着信があり、信号のパターンで母だとわかる。おれは父を立たせ、肩を抱いて寝室までつれていく。乱れた髪からただよう整髪料の匂い。いつも髪も服装もこぎれいにまとめて、これでも会社じゃ人格者と思われているらしいのだからおかしい。

「いい？　寝るんだよ」おれは父をベッドに腰かけさせる。「頼むから寝てよ」

おれは自分の部屋に入るや端末を取りだし、やはり母からだった履歴にアクセスする。

「みどり」震える声で母は出た。

「伯父さんとこ？」

「そう」

「しばらくいたほうがいいね」おれはため息とともにいい、「離婚するの？」

え、と、母は言葉につまった。

「別れないでくれよ」

おれは自分の口から出た言葉におどろいた。

「別れるなよ、なんとかやってこれたじゃん」

父といつまでもくっついている母の気がしれないと、日ごろうんざりしてたじゃないか。その母がついに決断したんだから、ついに、やっと理解できる展開をむかえたってことじゃないか。

なのに、おれの口から出てくるのは母を引きとめる言葉なのだ。

「別れんなよ頼むよ、なんでもするから」

「でも伯父さんと相談して……」

「伯父さんは関係ない、口出しさせせんな。うちの問題だ」

「緑だって別れろわかれろいってたじゃない」

「やっぱりいやなんだよ」

「受験が終わるまではって思ったけど、このままじゃ殺される」

「あいつにそんな度胸あるわけないだろ。やばいときはおれがとめるから」

「だって、緑がいないときは」

「どこにもいかない」

おれは迷いなく即答していた。

「これからはずっと家にいる」

「そんなのむりでしょう」

母が向こうがわの人たちと話す声が聞こえる。

「そんなにいうなら……届はもういちどしまってみるけど。まだしばらく伯父さんや伯母さんのところや、ホテルにいる」

「………」

「緑のカード、限度額あげておくから。しばらくそれでお願い」

「離婚しない？」

「………」

「しないね？　ねえってば」

おれには理解不能な理由であらそい、おれをさんざん傷つけておきながらなにもなかったようにもとの生活にもどり、またしょうこりもなくけんかをくりかえす。成長のない蒙昧な大人たち、愛もないのに打算でいっしょにいるうそつきたちだと、心のなかで両親を何度も冷たく裁いた。彼らに向かってさっさと別れちまえと吐き捨てたこともいちどやにどじゃない。

なのに、いざ別れるという段になって別れないでと泣いている、自分の心がわからない。いちばんおろかで弱いのはおれか。三人がばらばらになると思うと恐怖で息がうまくできなくなる。

父とふたりだけの家で年末年始をすごした。

父はほとんど自分の寝室にこもったままだったが、夕方になると起きだしてきて、盛りあわせの料理を買ったりすしの出前をとったりして正月らしい食卓をとりつくろった。もうそんなことしなくていいよ、といいたいのをこらえて冷たいすしを食べた。

二〇五六年のはじまりを、こんな気持ちで迎えることになるとは。

父の仕事が始まるとおれは朝晩ふたりぶんの食事を用意するようになった。米を炊いて、あとは家庭科の教科書を見ながら作った料理を一、二品。そしてみそ汁。帰宅した父はさいしょ、食卓を見てとまどっていた。

「これおまえが」

「うん」

「これは」と、基本に忠実に作ったかれいの煮つけを指す。

「それも」

父はどこかで食べてきたらしい感じだったが、おれが見ている前で食べた。

記憶のかぎり父は、おれには声を荒らげたり手をあげたりということはいっさいない。母にだけめちゃくちゃなやりようなのだ。なぜなんだろう。伯母にきいてみたことがあるが、夫婦のことは当人どうしにしかわからないといわれ。当人たちにわかってるとはとても思えないからきいたのに、わからん奴だらけかと失望した。おれは大人をすぐに馬鹿だと思ってしまう。

父もおれもなにもいわず、食器のふれる音だけがする食卓。

三人という人数には広すぎる、もともとしずかな家ではあった。おれの誕生日なんかで家族でケーキやごちそうをかこんだりするときも、冷えきった空間のほんの一部が明るむだけで、家ぜんたいが親密さで満たされるという感じをついに知らずにすごした。

子どものころは、両親がけんかをするのはおれがこの家をまだまだ愛したりないからだと考えていた。もっと気持ちを強くして、おれの愛情でこの空間をいっぱいにすれば、平和で優しさにあふれた場所になるはずだと信じていた。「大丈夫、おれが愛してるから大丈夫だよ」と壁や柱や床や家具に話しかけ、おれの心で作りだした結界で守られるイメージを想い描いた。しかしどんなに愛しても両親の仲はよくならなかった。いつしかおれは、ここをすきになりすぎるとあとで苦しむことになる、と考えるようになった。父が食事を終えるのを見守ったあと、おれは自分の部屋で机に伏せていた。考えるべきこと、やるべきことの優先順位がまるでわからない。いや、もちろんわかっている。大学入試が月末に迫っているんだから。

机から起きあがってクローゼットからパイクウェアを出す。こんなことしてる場合じゃないのに。おれどうする気だろうと思いながら手はジャケットの前をあわせてのどもと高くまでとじている。指先に力をこめて固いボタンをばちんとはめると、その振動が空気を波うたせて響いていくのが見えるようだった。ああ、冴えてきた。部屋の照明が青白くよそよそしい。

心が非常事態になると体がぜんぶかってにすすめる——すすめてくれるというべきか。心身がばらばらになることにはときにうすら寒い愉悦があって、どうしてこんなふうに動くのかな、とつき放すように自分を見ている。むかしからこの状態のとき、水泳で記録を出せたり将棋でふだん思いつかない手を指せたりした。

ハヤアキツヒコにまたがり深夜の住宅街をすり抜ける。家の近所ではだれにも会わずとてもしずかだった。地図を表示させ新清澄《しんきよすみ》通りから未来首都高にあがる。あした入試プレテストで、ほんとにこんなことしてる場合では、とフルフェイスのなかでつぶやきながら体はかたかたと武者震いしている。ふだんは通学路をたらたら走るばかりで、とくにバイクがすきなわけでもないのに、用もなく高速に入る日がくるとは。

走るしかない場所に出た。トラックが距離をかせぐ時間帯にさしかかりつつある。大きい奴にどんどん抜かされていくたびに、ずずっと波動のような圧力が側面からきてタイヤがぶれる。いつもの自分ならこの時点でびびって後悔してると思いつつメーターを見ると八十キロ。そんなものか。八十キロでも過去最高なんだがこれといって感慨もなく。遠く近くのビルの明かり、周囲の車のライトが視野を狐火《きつねび》のように流れて、これははじめての景色。さいしょでさいごかもしれない景色だ。

新箱崎《しんはこざき》から新辰巳《しんたつみ》。新湾岸線に出たころには「こんなことしてる場合じゃ」とつべこべいう声は消えていて、意識はたんたんと体と機械をすべていた。試験中のように澄んで落ちついている。そうか試験ね。おれは物心ついたころから試験が大すき。そこは思うぞんぶん自分を出すことがゆるされている舞台で、努力を決してうらぎらない友だち。試験のさなかのような心理状態にもちこめたらたいていのことはうまくやれるんじゃないか。

地面からのぼってくる気配が、見えない膜のように車体とおれをひとつにパッケージしている。守られている感じというのか、自分はめちゃくちゃなことをしているのに大丈夫だと知っている気がする。

　直線に出ると、待っていた口づけを受けるように手首はくったりと折れてアクセルをひらいた。そしてあごをもっていかれそうになるほどの加速。この手首はずっとそうしたがっていたということがわかり、自由にさせてみる。ひじをこえて肩までしびれるような歓喜がのぼってくる。そうか、そうだったのか。体にも「そうしたい」という夢があるんだな、いままで聞かなくてわるかった。制限速度オーバーを知らせる声が耳に届きはじめたのがうるさくて音声を切った。

　ああひらいているな。吸いこんでいる。ここは酸素の星。

　怒りと苦しみと無念さに満ちたこのアンバランスな重い惑星、でもだから、強く願う気持ちがこんなにはげしく燃えている。

　警告の声は切ったと思ったのに、十キロ加速するごとに鳴る。この機能が働くのははじめてでとめかたがわからない。首をかたむけてヘルメットのスピーカーをミュートして、だめ押しにバイク本体との通信を切った。もう鳴らなくなった。

　別の人間になったみたいだ。

　別の人間になれるのかな。過去すべて消して。いまから兼古緑ではない――。

　じゃあだれ？　おれはだれ？　だれになりたい。なにになりたい。

　変わっちまえよ。

手首の角度に限界がきて、指をはわせてグリップを握りなおす。そしてアクセルをおしまいまでひらききる。

夜のなかで光は飴のように糸をひき、輝く蛇の群れのようだ。それは車体とおれに小うるさく鞭打ちながら並走する。笑っているのか、蛇たちの目はきらきらと意地悪だが、彼らにいわせればおれが傷つくことから守ってやっているんだと。おれには蛇が必要なのさと代わるがわる口説いてきて、群れのボスは、おれののどをふさいで荻原の名を呼ばせないようにする。荻原楯は危険だという。彼の存在はいまおれがしていることの数倍も危険だという。

まとわりつく光の蛇はおれを説得する——彼はおまえを傷つける、おまえを狂わせる。緑、彼から手をひけ、友だちでいいじゃないか。

うるせえ。それいじょういうとおまえらもついて来られないところまで行く。

しかし蛇に罪はないのかも。愛し愛されて愛を知りたいといいながら、きっとおれがいちばん愛を信じられていなくて、愛に生きるだなんて無謀を自分にさせないために蛇といういいわけを用意したのかも。

視野が針の穴のよう。すべてが一点に収れんされてゆくこの道のはてには未来のおれがいて、人生の終点からふり向いてこちらを見つめている気がした。そのおれはおれにこれから起きることをすべて知っている。おれと荻原はどうなるのか、おれの家はどうなるのか、どこに進学してどんな大人になっていくのか、これから経験すること、そしてこの世界はどう変わっていくのかをすべて知っている、そんなまなざしに見つめられている気がした。

未来のおれっていう者がもう存在しているのか？　いろんな時間軸、いろんな世界線のおれというのが無数にいて、そのなかには荻原と結ばれて幸福なおれもいるのかもしれない。さあどの未来を選びたい？　もちろん荻原がいる世界を。想いのかぎりに彼を愛することができる世界を。おれは決めたぞ、この道の先にある世界はそこだと決めた。

標識はしばらくまえから見ていない。風景はとっくにすべてまざりあった灰色だ。指の一本も微動だにできないほど風圧に固められながら走る、この夜の柔らかさはどう。敵はいない。おれを傷つけるものはない。ここがあの家や学校と地つづきだなんてできのわるいうそだ。おれには家なんてない。学校なんて知らない。名前も忘れた。どうせそのうち変わるかもしれない名前だ。まわりのすべてが変わりはてたとしても、ただひとつ変わらないのは世界を見ているおれというこの視点、この意識の起点、ここだけだ。この絶対の感覚の前に、制約だらけできゅうくつでしかなかった現実はとろとろと溶けだす。あとはそこを切りひらくだけ。リミッターが作動しているというサインがモニターに出ていた。そんなもんあったのかとためらわずに解除する。そうあとは切りひらいていくだけ、だれか大きな人、おれをこの世に配置した人の手に握られたメスみたいにさ。メスならいちばん切れ味するどいやつに。いちばん有能なやつに。ねえ、なりたいじゃないか、緑おまえがいちばんすばらしいって、いちばん愛してるって抱きしめられたいじゃないか。

ふとメーターに目を落とすと、三百という数字が見えた気がして「えっ？」と声が出た。それが合図のようにたちまち魔法が解けて正気にもどる。

父はおれが朝帰りしたと気づいていなかった。

コーヒーがすきな彼のために豆をひいていれてやると、ずっと父子家庭でうまくいっていたような錯覚がしてくる。食卓におれとふたりでいるときの彼は朗《ほが》らかとさえいえ、「ロースター買おうか。いいよな、自家焙煎《じかばいせん》」なんていっている。

「やめてくれよ」反射でおれはきつい声を出してしまう。

「えっ、だめか」

「いままで衝動買いしたもんがどれだけ屋根裏ふさいでるか忘れた？」

父は叱られた犬のように悲しげな顔になる。自分のとっぴょうしもない物欲が家族に歓迎されると、彼が本気で思っているらしいことにおれは毎回おどろく。

父を会社に送りだしたあと、カーテンをしめきった居間のソファーから起きあがれないまま、予備校で行われるプレテストの開始時間をすぎていく時計を見ていた。

体じゅうに昨夜の感覚がのこっていて、目をとじるとひとりきりの未来首都高にたちまち引きもどされる。加速時に胸にかかる重力や大型車にあおられたときの目に見えない圧力がよみがえり、はあはあと息が浅くなる。アクセル全開を望んだ右手首をつかんで、手のひらを見つめる——あんな自分がほんとうにいたのかと。

死んでてぜんぜんふしぎじゃなかった。事故らなかっただけじゃない。覆面にも捕まらず暴走族にも絡まれず、あらゆる意味でぶじだったのが異常だ、と、手をひらいたり握ったり、甲や指先を眺めていた。

ソファーで目をつぶり、かといって眠れず、時どき時計を見た。テストの科目がひとつ、またひとつと終わっていく。

昼をすぎても横たわったまま動けなかった。なんといったらいいのだろう、自分が全体てきに重症で、がまんや強がりがきかなくなっていることだけがわかる。もう考えることをやめたい。なにもかも放棄したい。楽になりたい。

玄関のドアロックがあく音がした。母のキーの音。体を起こして待っていると母がドアのすきまからなかをうかがい、しのび足で入ってきた。

うす暗い居間で、おれが起きあがると母はキャッとさけんでドアに背中を打ちつける。

「おれだよ」

「お、お父さんかと思った。おどかさないで」

「帰ってきたの？」

「荷物取りにきただけ」

母はまっすぐ寝室に向かい、クローゼットやたんすから服を引きぬいてはバッグに詰めはじめる。母は衣装もちで、あちこちの引き出しからはみでた服がたれさがるさまは派手な滝がいくつもできたよう。母はあせっていてふりかえりもせず部屋をあとにする。帰ってきた父が、乱雑に飛びでたままの引き出しを見てどう感じるかなど考えない。おれは母がのこした服をたたんでしまいながら問う。

「きょうはどこ」と、おれ。

母はこんどは玄関で靴を選ぶ。

「ねえ、きょうはどこって」

「え？　伯父さんのとこ」

「離婚届出してない？」

「まだ」母はせかせかと動いていたが、おれを見てぴたりととまり、近づいてきて「ご飯食べてる？」とほおにふれた。

「あんまり」

「お金使った？」

おれは首をかしげる。「そうでも」

「使いなさい。塾やジムにもいままでどおりいって」

母は大きなバッグにまとめた荷物を玄関におくと、キッチンにもどって冷蔵庫のなかのもので料理を始めた。

「こんどは何泊くらいするの」

「もうそういうのじゃないわ」

「え？」

「あ」母は口がすべったというように、「ほら、伯父さんこんど引っ越すっていってたじゃない？ いまのマンション貸しに出すの。その借り手がつくまで」

おれは体から力が抜けて、いすに座りこんだ。母は炒《いた》めものやサラダを作りおれの前にどんどんならべていく。

「いやだってば……」箸をとることもできない。「別居はやだ」

「食べちゃいなさい」

「いやだ」

「こまらせないで」

そこからの行動をよく憶えていない。ふらふらと家を出て、日なたの道を足の向くままに歩いた。とにかく日なたでなければいけない。もうすぐすべて失われるという目にはなにもかもが異様に輝いて見えた。建物がひしめくせまい空とか、古いビルの汚い壁、道路に吐かれたつばやガムなんかも、この世のかけがえのない思い出だ。

昨夜はこの宇宙にこわいものなんかないって、全能感に満たされておそろしいことを平気でしていたのに。一夜明ければもとどおりの小さなおれにもどってしまった。

気づくと見なれた家の前にいた。立ちつくしていると、女の人が「兼古くん！」と小さくさけぶ声が聞こえた。

「え」

あれは荻原のおばさん、べべさん。道の向こうから走ってくる。

「兼古くんどうしたの？」

「——あ、いや、ええと」

入んなさい、と家に入れてくれる。

「おうちからきたの？」

おれはうなずく。

「その格好で？」べべさんはおれのほおや手にふれる。「冷えきってる」

「大丈夫です」

「大丈夫じゃないよー！」

と、悲鳴のように。眼鏡の奥の目には心なしか涙が見える。

べべさんは床に買いものぶくろをおくとストーブをつけて大きなやかんをかけ、家電に指示を出し、この部屋を最速で暖めようとしてくれる。

「あの……楯くんは……」

「お兄ちゃん？　近所の仲よしのおばあちゃんち。ドライヤーの修理。冬休み入ったらあれこれ頼まれて」

「そうですか……」

放心するおれ。そうですかといいつつ、いわれたことはあまり頭に入っていない。べべさんはおれを空腹と見抜いてなにもいわずにスパゲティーを作ってくれた。甘口のナポリタン。おれが食べるのを台所から見ている、視線を感じる。

「あの、おいしいです」おれはいう。

「あら。おそれいります」べべさんはえへへと笑った。

「ほんとにいつもごやっかいになって、すいません」

「なんにもいわなくていいです」

どうしてかこの家の人たちの前では弱い自分を見せることに抵抗がない。荻原のできる友人という目で見られたいという気持ちも、たぶんはやいうちから失《う》せていた。

「あの、彼、楯くんって」

「はい」

「おばさんと仲いいですね」

「そうお？」

「おれからすると信じられないくらい仲よしに見えます。というか、ここの皆そうだけど」

「兼古くん、前世とかって信じます？」べべさんはいたずらっぽく声をひそめていった。

「え？　ゼンセ？」

「楯がいってたんだけどね、前世で私と楯は夫婦だったことがあるんですって！」

「ええ？　夫婦？」

動揺した。それをいうべべさんがうれしそうなのにも動揺した。

「うん、でね、うちのお父さんと私は兄弟だったんだって。剣は楯の用心棒とかいってたかな。おかしいよね。でもそんなことってあるらしい」

「あいつそういうこというんだ。いがいだ。占いも関心なさそうだったし」

「たまに夢みたいなことをいったりするよ」

「聞いてみたいな」

おれの知らない荻原が、まだまだいるってことなのか。おれはべべさんに嫉妬する。

正面の壁の前にある、小物おき場と化しているアップライトピアノを眺めながらナポリタンを食べる。木や陶器の写真立てがいくつもある。ちゃぶ台を離れて小学生や中学生のときの荻原の写真を手にとってみる。子どものときの彼はいまより目がひらいてない感じで、気が強く利発そうな弟の横で、そうでない兄という風情で写っているのがおかった。すごく可愛い。この茫漠《ぼうばく》とした半眼の小学生の写真をいつまでも見つめていたいほど、愛おしいなんて、おれはいつのまになんて遠くまできたのだろう。

「あの、きいていいですか」おれはちゃぶ台にもどる。

「え？　なーに」

「彼は名前どうして楯っていうんですか。由来は」

「えっと、あの人は」

べべさんはのれんのしたから出てきておれの向かいに座る。

「むかし体弱かったのは知ってるでしょ」

「ああ、はい」

「ほーんと心配になる場面が何回もあったの。生まれたときなんて病気がいくつも見つかって、なかなか退院できなくて。毎日わらにもすがる思いでお祈りしてて、どうか神仏があの子の楯となって病からお守りくださるようにと」

といって、べべさんは両手をあわせてみせる。

「そしてあの子がこれを乗りこえて成長することができたなら。こんどはだれかの楯となれる、強い人になるように」

「わッかっこい」おれは低くつぶやく。

「かっこよすぎますかねー、フフフ」べべさんは口を押さえて笑う。「兼古くんはどうして緑っていうんですか？」

「母の高校時代の親友の名前だそうです」

「緑ってとってもすてきな名前」

「そうですか」

「親友の名前をつけるってことは、お母さんは味方がほしかったのかもしれませんね」

「………」

おれはべべさんの顔を見た。すぐには言葉が出てこなかった。べべさんはにこにこと
こちらを見ていたが、思いついたようにいう。

「そうだ。お風呂入んなさい？」

おれの返事を待たずに風呂の準備を始めるべべさん。

「着がえ、栖のだけど使ってくださいね。下着はお父さんの買いおきでごめんなさい」

世話を焼かれることになれていなくて、まごついているうちに湯がたまってしまった。

素直に入らせてもらう。風呂の湯は熱めで浸かっていると頭がすこしクリアになった。

——お母さんは味方がほしかったのかもしれませんね。

おれが母の腹にいるときから父はあの調子だったというので、生まれてくる者には自

分の味方であることを第一に期待したというのはわかる。

おれはずっと味方だった。名前のとおりに。もめごとの発端は母のほうだなとわかっているときでも、いつも母に甘かった。

それなのにいま、父とまとめておいていかれようとしている。

風呂からあがって、包装から出した真っ白なブリーフをはき、荻原の服に着がえる。二階の彼の部屋にあがる。

服の布地はなんというものか、優しく柔らかく体にぴったりとなじみ、袖をとおしたとき思わず声が出るほど気持ちよかった。大きさもちょうどいい。なんだこの服、荻原か？　荻原そのものか？

彼はバイトの日だそうで出先から直行してしまい、毎度のことながらおれは部屋で待たせてもらった。着の身着のまま家を飛びだして端末も勉強道具もなにももってこなかった。することがなくて、彼のベッドでうたたねしたり、望遠鏡をいじってみたり、漫画を読んだりしてすごす。すっかりこの家の子どもになったかのような気分になっていると、ふいに現実の感覚がさしこんできて心臓がぎゅっと痛む。帰ったとき、うちのなかはどうなっていることか。自分の家がこの世でもっとも想像するのが苦しい場所だなんて。

部屋のあるじが帰ってきたのは深夜だった。

「ただいま」
おれは荻原がただいまというのがすごくすきだ。「おかえり」
彼は仕事着の黒スーツ。座ぶとんに正座して見とれていると、どうしたの？という
ようににこっと笑う。
「きょう塾でプレテストだったのに。さぼってしまった」と、おれ。
「よゆうでしょ緑は、そんなの受けなくても」荻原はおれの前に紙ぶくろをおいた。
「さあ、お食べ」
見ると肉まん、よもぎまん、カレーまん、あんまん、よくわからぬまん。湯気のなか
に手を入れてひとつ取りだすと、荻原はおれの頭を撫でながら、「ぜんぶおまえの」と
いった。
いますごく優しげにちがいないその顔を直視できない。まともに見たら心臓が射ぬか
れてしまう。
「いまおれおじさんのパンツはいてんだぜ」と、肉まんにかじりついておれはいう。
「一か月まえの自分に、一か月ごのおまえは荻原楯の父親のパンツはいてるって教えて
やっても意味わからんな」
荻原は噴きだした。
部屋でおそい晩飯をすませる彼を、テーブルの向かいから眺める。ふと、自分のあま

りのくつろぎように気づいてこわくなる。もう家に帰れといわれるだろうか――。

「緑は俺の服が似あうね」

彼はいがいなことをいった。さらにいうには、「それ、そのまま寝ても楽だよ」

「え、あの」

「俺もう寝るけど、緑もよかったら」彼は二段ベッドの上段を指した。

帰らなくていい！　ひと晩彼のそばにいられる！

おれはもう、このときめきをかくせているか自信がない。「お言葉に甘えて」などともじもじいいつつ、押し入れから寝具を出す荻原を手伝ってベッドにふとんをあげた。

ふたりならんで洗面所で歯をみがき、鏡のなかで目があっては笑った。こんやはなんだか、彼がおれを見てくれている気がする。きっとべべさんから、この家の前に立っていたおれのようすが尋常じゃなかったことを知らされているのだろう。人に心配されるのは趣味じゃないが、きょうだけは、いまだけは、いちばんすきな人にすこしくらい案じてもらったってばちは当たらないはずだ。

ウィーン……と細かく機械が振動する音がしている。

気がつくとコーヒーマシンの前に立って、注ぎ口からゆるゆると出るコーヒーがカップを満たすのを見おろしていた。顔をあげると、マシンの横にはジュースやいろんな飲料のサーバーがならんでいて、この見なれた配置はファニーかもめのドリンクバーだ、とわかった。

おれはカップをもって慎重に歩き、自分の席だと思っていた場所に座ろうとする。するとテーブルをはさんで向かいに大きなカエルの人形が座っていた。

「わっ、ま、まちがえました」おれは反射で飛びのく。しかしカエルはペイントされた目をきょろっとまわして「君の席はここでいいんだよ」といった。

薬局の入口で見かける、製薬会社のキャラクターのきみどりのカエル。大きさは十歳くらいの子どもていど。こちらを見あげるようすは人なつっこく親しげだ。

「えっと……」

「まあ座って」

カエルにすすめられて座る。自分が学校の制服を着ていることに気づいた。カエルは乳白色のヨーグルコをツーツーと飲んでいた。

「勉強おつかれさん」と、カエル。

そういわれて、あ、そうか、おれいま予備校の帰りなのかと思った。ここに寄るのはおもにその行き帰りだから。

コーヒーを飲む。本日の豆はハイパーモカ・ステーションブレンドだそうな。

「家はどう」と、わけしり顔でいうカエル。

「家？　考えるのも恐ろしい」と、おれ。

カエルの大きく弓なりに描かれた口は動かないが、気づかわしげではある。

「受験終わるまで離婚しないといったけど。じゃあ大学生になるころは別れてるってことかね」と、おれは自分がそうつぶやくのを聞いた。このところずっと気にかかっていることだった。

「…………」

「時間を止めたい」

カエルの、ビニールなのか、つやつやした皮膚に暖色の照明が映りこんでいる。

「どんな形でもいいから、別れんのだけはなしで。あんな不完全な家でも、楽しいこともあったんだよ」

父は不器用というか横暴だなと思うこともおおいが、大きなリボンのかかったプレゼントに、おれは愛されている！　と心ときめく経験を何度もさせてもらったのもまた事実だ。父とはいっしょにクラシックのコンサートにいったり、共通の趣味もあった。

母はいつもなにを考えているかわからない横顔をこちらに向けているイメージがあるが、気まぐれに誘ってくれるドライブはうれしかったし、深夜の喫茶店やバーで大人客にまじってメロンソーダを飲んだりすると、同級生が経験していない時間を自分は知っている、特別な子どもになったような気がした。

家の思い出は大半は寂しくて、不安で落ちつかない感覚をともなう。けれど親のことがどうしても大すきで——彼らと過ごしたすべての記憶が自分の深いところとがっちりつながっていて、おれの髪の毛一本、爪の先、すみずみまでを形成していて、どれひとつ切り離せない。

でももうそこにはいられない。おれはひとりでいかなくてはならない。

「求めるものはそとにあるんだ」と、おれ。

「そとに?」と、カエル。

「おれのための人がいる。だからそとはいつでもまぶしくて、可能性そのものに見える。十八年間ずっとクリスマスのライトアップがされてる街を歩いてるような」

「君は、出会いにそういうイメージがあるんだね」

「ずっとおあずけを食ってるけど」

「でも美しいものを信じてる」

確信ありげにいうカエル。おかしな奴だ、おれのことをよくわかっているみたいに。

「ところでどうして、カエルと茶をしてるんだろう」

「君の名前が緑だからじゃないかな」

「蛙《カエル》は緑か。そんな唄あったな。でぶでぶ百貫でぶ、車にひかれてぺっちゃんこ」

「なかなかひどい」

「おれは蛙で、蛇に弱え」

「そのあと、緑は蛇、ってつづくけどね」

そうだっけ？　口のなかでつぶやいてみる。たしかにそうだ、かえるはみどり、みどりはへーび。

「蛙はおれで、蛇もおれか」おれはコーヒーを飲み干していう。「深いな」

「なにか食べなよ」

「いらねえ」とても疲れていて、メニューをひらくのもおっくう。壁の「あったかグラタンフェアー」ポスターを眺めながら、おれは口の端に笑みがのぼるのを感じた。

「荻原をレストランのメニューにたとえたらグラタン……」

コーヒーカップをよけ、テーブルにずるずると伏せた。

「荻原……」

熱くくぐもった自分の声がテーブルから響いて聞こえた。

男どうしのやりかたならわかった。けどふだん荻原を思い浮かべながらすることとの同一平面上に現実のそれがあるとはとても信じられない。マスターベーションとセックスはねじれの位置。

「しかし桂馬《けいま》ならいける！　桂馬になりたい！」

両生類はびくっとしていった。「いきなり」

「まあ夢のまた夢ね……毎晩あんなにいっしょにいるのにキスすらできねえ」

「…………」

「愛されたい」

「…………」

「愛されてみたい」

テーブルに指でくねくねと、愛という文字を書いた。そして発見した。

「なあカエル！　愛って字は、形が花束に似てないか」

といってテーブルから体を起こすと、目の前にいるのが——荻原だ？

カエルが座っていた場所にはおれとおなじく学校の制服を着た彼が座っていて、伏し目がちにつぶやく。「愛って字は花束に……？」

「うーわー！」

おれはいすを背後に吹っ飛ばして立ちあがり、はげしく声を裏返らせる。

「なんななんなんなんでいるのォ？」

荻原は澄ました顔でいう。「なんか食おうかと」

「カエルは!?」

「帰った」

「………」目を離したら消えてしまいそうで、おれは彼を見すえたままいすを起こして座りなおす。「どこから聞いてる」

「わりとさいしょから」と、彼はメニューを眺めながら。

「う」頭を抱える。おれなにいったっけ、なにいったっけ。

「グラタンにもいろいろある。俺なにグラタン？」

「いや、あの、いちばんうまいやつ」

荻原は笑いながらカエルののこしたヨーグルコを飲んだ。

ふと目にとまったフロアの間仕切りに使われている造花が、みょうに生きいきとしているのを見つめる。風もないのにゆれているような。こちらに話しかけてきているような。

荻原はテーブルの呼び鈴を押した。ポロローンと聞きなれた音が響きわたり、数秒。耳を澄ませるがスタッフがくる気配はない。

「だれもいない」と、荻原。

「ほんとだ」店内は見渡すかぎり無人だった。

「出るか」といって彼が立つ。おれもつられて立つ。だれもこない会計カウンターでまごつくおれに彼はいう。「いいよここは」

「いいって？　ツケでもきくみたいに」

「そんな感じ」

ファニーかもめの階段を降り、夜の路上に出る。ネオ雷門通りを歩く。未来浅草の街はいつもと変わりないように見えたがやはり奇妙だ。なにかちがう。空気が濃いというのか、味があるというのか、息をするだけでのどが甘くうるおう。立ちどまってこの違和感を解明したいのに、荻原のふるまいにどきどきさせられっぱなしで集中できない！

「さ、どうする！」彼はなにか決意したような、すっきりした顔つきで通りを眺めていう。

「どうするって？」

「いこう、ふたりで桂馬になろう！　で、あってる？」

「いい！　まだいい！」

ネットそのほかで見つける男と男のあれこれ、めくるめく情報の流れに陶然となって端末に向かいながら、性欲と知識欲だけの存在になって頭から地球を貫通しそうだった感じを思い出す。

「俺は緑ならいいよ」

ラーメンなら食うよみたいな軽さでいうのが信じられず、おれはまじまじとその顔を見てしまう。荻原は吹き抜ける向かい風に目を細め、「あそこでいいんじゃない」と指した先にはぶつぶつ切れて読みにくい古いネオン。ホテルというか、昭和時代ふう連れこみ宿というか。ああいうのがおまえのこのみなの？

「ええっ」

「あれだめ？　どういうのがいい」と、菓子でも選ぶようにいう。

「いやとくに……って補導されんだろ……」ふたりとも思いきり近所の高校の制服だ。

「ここに警察はいない」

ああう、とおれは言葉にならない声を発する。「死んでしまう」

「え？」

「名前を呼ぶのがやっとなのに。おまえとできたら死んでしまうよ」

「おいで緑、夢ですらできないことがどうして現実でできるだろう」

夢？　ここは夢なのか？

引かれている手を信じられない気持ちで見つめながら歩いた。ぐらぐらする視野に酔いそうになりながら。

「なれてる……」と、おれ。

「でもないさ」と、彼。

「でもおまえなら、そうだよな」おれは胸に痛みを感じながら納得する。

「俺自主てきにはやらないいんだけど」荻原は困ったように笑っていう。「わりと押しきられる」

「押しきられる」

「緑がそうするの待ってたら何年かかるかわからない」

「ま、待ってた？」

「待ってたというか、こうなる気がしてたというか」

「いつから」

「いつからだろうね」荻原はおれの胸にふれ、愛おしそうにいう。「ここに俺の鋳型みたいな空洞がある」

おれは彼を抱きしめ、彼はいつかのように優しく腕をまわしてくれる。

「可愛い緑」

その抱擁は、おれでもわかるくらいに人へのふれかたが洗練されていた。いままで肌に受けたことのあるどんな刺激ともちがった。ふれられた場所から皮膚の内側に夜明けのように美がひろがってゆき、はっとして目をあけてしまう。ファストフード店や食堂やパチンコ屋のならぶ見なれた景色に目をみはっても、体のなかで起こっていることは変わらなく起こりつづけた。美しさがさざなみのように、新しい世界のはじまりのように腰から両脚に伝わり、これまでのことを塗り替えていってしまう。

——か、可愛い？

——可愛いじゃないか。

――そんなのいっぺんもいわれたことない。子どものときだって。むしろ可愛げがないって。

――可愛いさ、こんなに深く閉じこめられて。出ておいで。

――出て？

――うん、出ておいで。

――出ていけるもんなら！

あわせた胸と胸で潮の満ち引きのような、熱による会話としかいいようのないものを交わしていた。

「時間切れ」と荻原がつぶやく。その視線の先を見ると、おれたちのいるブロックの横断歩道の向こうの景色がぼやけつつあった。夜が明けるのを早送りするように、見るまに白くなっていく。

「ざんねん」荻原は足もとに迫りつつあるホワイトアウトを見おろしていう。

「地面が！　消える！」叫ぶおれ。

「つづきは現実で、できるかな」というため息まじりの言葉が、いつまでも耳の奥にのこっていた。

天井の木目のうえに鉛筆で描かれた落書きが視界にあって——それで自分が起きていることに気づいた。昨夜は荻原のすこやかな寝息に耳を澄ませながら、こんなん眠れるわけねえとのたうちまわっていたのに。いつのまにか眠れていたらしい。

天井の絵は小学校低学年くらいの子どもが描いたように見える。羽虫っぽい戦闘機の群れと火を噴く怪獣。剣が描いたといっていた。部屋のなかはカーテンから透ける朝の光でぼんやりと明るい。

なんだかやたらとどきどきする夢を見ていた。顔のまわりがもあもあと熱く、全身が汗ばんでいる。

おれは荻原家で一夜をあかしたのだった。まだうまく信じられないが、現実だ。

寝がえってベッドの下段を見ると、彼は寝ながら壁を向いて漫画を読んでいた。声を殺して笑っていると、肩が震えているのでわかる。

なんていい眺めだろう。しばらくそのまま見守る。

「おはよう」声をかけると、彼は目をこすりながら見あげた。

「あ、緑」

はしごをおりる。ストーブをつけない朝の部屋は寒く、おれは自分でもびっくりするくらいしぜんに荻原のとなりに体をすべりこませた。

「入れて」と、おれ。

をあけてくれる。

「耐荷重百キロね」と、荻原。そんなのよゆうで超えんだろ。彼は壁ぎわにつめて場所

おれは彼の端末にひろがるページをのぞきこむ。「『パパ』の新しいやつ？」

荻原愛読のシュールなギャグ漫画、『パパはママ洗い係』。おれもこの部屋ではじめて読んで、そのつき抜けたばかばかしさの読後感は最高だった。

「ンー、ふふふ」よほど笑っていたのか、彼のほおが上気している。

おれは横から端末をオフにして荻原の指先をつかんだ。長いことふとんから出ていたその指は冷えきっている。

「つめたい手して……」

と、彼の手をうえから包んだとき、遠いむかしの冬の朝に、ふとんのなかでおなじことを母にされたのを思い出した。いまのおれは口調までそのときの母そっくりだった。

（みどり、つめたい手して）

心の奥でうすいガラスが割れて、香水があふれだす。

なんてことだろう。うちの親は不完全もいいところで、自分のことしか考えない人たちだと思っていたが、おれも彼らに愛されたことがあったのだということが、ここにきてきゅうに思い出されてしまった。そして、おれは胸に満ちる、彼らからもらったのとおなじものを、いま荻原に移したいと思っている。愛することと愛されることについてず

っと自分を起点にして考えていたが、ほんとうはおれは、大きな愛の流れの通過点なのではないか？

なにを考えてる、というように荻原がおれを見ていた。氷が燃えているふしぎな目、おれのためだけの言葉をいまにもくれそうでくれない唇。

彼はふしぎなものに愛されている、護られている。何層もの、何層もの、何層もの、よい願い、よい気配、よい匂い、その中心に彼はいる。おれは自分の手が彼へと伸びていくのにまかせる。

「楯」

「うん」

おそるおそる彼を抱きしめると、彼ももぞもぞと身じろぎしておれの背に腕をまわしてくれた。彼のまわりにただよう祝祭のようなまぶしさに包まれる。

「ははは」震えながらも笑ってしまうおれ。「これ現実か……」

「ねー」

「くるみパン……」荻原の首すじにおれは顔を押しあてながら、「食った？」

「食わないよ」そののどがくつくつ笑うのを、おれはうれしく聞く。

「匂いがする」

「なんじゃそりゃ」

「ねえあの、楯」

荻原に告白した人たちがどんな仕打ちをされたか知っていても、もうここまできたら、伝えるしかなかった。

「おれは——あの、もう、とっくにわかってると思うけど」

「うん」

「おまえがすきで」

「うん」

「……っはー……」

「ハハ」

「はー……ああ……」

告白してしまうと、あとはため息が出るばかり。荻原はそんなおれをおもしろそうに見ている。

「気づいてた？」

「うん」

「ものすごくすきなんだ……すごくこれいいたかった。何回もいいそうになって、いえなかった」

「知ってる」

「知ってるとかいいやがって……」

「わかりやすいよ緑は」

「おまえはどうなの？　恋愛興味ないとかいうし、人をひでえ振りかたしてんの知っちゃったし、こわくていえたもんじゃなかった」

「……」荻原はおれを見つめたまま首をかしげる。

「そこでなんでだまる、ここまできておれのことも振るの？」

「なんでおまえなんだ」

彼はつぶやく。

「なんで俺にはおまえなんだろう」

「え？」

「ふしぎだね」

といって、荻原はまぶしそうに目を細めた。ほんとにふしぎそうな響きがあった。

「それって、おれは、例外ってこと？」

「なのかなあ、そうみたい」

「そこはもっとはっきり、しっかり肯定してくれるとこだろ、おれを不安にさせないように、ゆいいつの例外だっていってくれなきゃだめなとこだろ！」

「大きい声出さなくても聞こえるよ。こんなに近いんだから」

「ごめん」

おれは声をひそめる。なにごとかと、いま家族に入ってこられてはたまらん。

おれはじっと荻原を見つめる。彼も涼しい目をして見つめかえす。

ついにおれはいった。

「キスを、したいんだけど」

「うん」

とうなずいて、おれの眼鏡を取りあげる荻原。きゅうに目もとがひやっとして心細い。

彼はおれを晴れやかな表情で見つめていう。

「緑こんな顔してたのかー」

「こんな顔だよ」

おれは荻原にキスをした。すこしかさかさした温かい唇は、おれの唇のしたで「緑」といった。おだやかに笑っていた。自分の名前がそんなふうに響くのをはじめて聞いた。

「もう一回呼んで」

「緑」

ああ、うん、とおれはのどの奥で返事ともつかない声を出す。体が変化して、それは荻原に伝わる。

「あ、おまえ、ハハ」

勃起がばれるのは恥ずかしいもんかと思いきや、やっと知ってもらえた、という気持ちのほうが大きかった。彼を強く抱きしめるときゃしゃな床板がうなる。

耳の横で彼がいう。「うちはむりだよ」

「代案は」

「代案俺？　いいけど」

彼が困ってくれている、おれのために。間近で見る苦笑はなんというごちそうなのか。

「──そうだ、おまえさ」

荻原は机のほうを見やる。おれもふり向いて見る。

「あれで星観たいんじゃない？」

ササヅカ望遠鏡の白い筒に、カーテンのもようが映りこんでいる。

そして彼はおどろくべきことをいった。

「あれもって旅行でもするか。山小屋で天体観測、なんてね」

「ええッ!?　なッなんて？」おれは彼の肩をわしづかみしてしまう。

「旅いいよなー」

「してえ！　旅行なんかしてえよしてえに決まってんじゃん！」

へらへらっと笑う荻原が、どこまで本気かわからなくてあせる。こいつは学校でも女子たちに遊園地だの花火大会だのピクニックだのに誘われて、「グッドアイデア」「楽しそう」「そのうちね」なんて調子のいい返事をしているが、じっさいいってるのかどうなのか。

「ちょっと、旅なんか誘ってよかったの？　おれだって山ほど妄想したけど断られると思っていえなかった」

「あーでもちょっとめんどくさいかも」

「準備ぜんぶおれがやるから！　荷物もつから！　いこう！　お願い！」

「ンー」

「ねえほんといきてえ、ねえほんとに、ねえ！」

「わーかーっーたー」

「ぜったいか？　ぜってえいく？　いくな？」

「いこう」といったあと、荻原は「俺信用ないなー」と笑った。

おれが彼と旅立ったのは冬もたけなわ、あろうことか入試の一週間まえ。行き先は未来徳島の身宝山《みたからやま》の山頂ヒュッテ、一泊三日。星の見える量は国内屈指といわれる天体観測基地で、荻原は子どものころに家族旅行したことがあるという。

冬休み中のいま、山頂ヒュッテの予約カレンダーは連日満室のマークがついており、彼のベッドでサイトをチェックした（気持ちが変わらないうちに予約しろとおれが迫ったのだった）ときには、雑魚寝の大部屋しかあいていなかった。しかし荻原の勘では、おれたちの泊まるのはぜったいにここなのだという。希望日が満室になっているのをしらばっくれて「空いてませんかー？」などと宿にメッセージを送っていた。

「これで待とう」と、彼はいった。その自信というかずうずうしさはどこからくるのだろうとおれはいぶかった。すると宿から「たったいま白梅の間にキャンセルが出ました」と連絡がきたのだった。そばで見ていて鳥肌の立つ展開だった。なぜここに泊まれるとわかったのかと彼にきくと、「リーチ一発くるのわかる感じ。負ける気しない感じ」と、けろっとした顔で答えた。

白梅の間は旧館の奥のいちばん狭い四畳半の部屋。想像するだけであたりの空気がすうっと冷え、ふたりのまわりに降りこめる雪、そのきらめく六角形の結晶が見える気がした。

そんな想像を何度もしたからだろうか、出発の朝、未来東京の空には雪が降った。おれは愛用のアウトドアメーカー・アクエリアスの冬山用ジャケットを着こんだ。

荻原のササヅカは重くて繊細なので、山へもっていくのはうちのオブスキュラというポータブル望遠鏡にした。それでも八キロくらいあったが、荻原家まで彼をむかえにいく道のりはふわふわして宙を歩いているようで、硬くて重いジュラルミンケースを手にさげるくらいがちょうどいい重りになった。

　未来徳島までの旅程はおれが立てた。小学生のころに全国の駅名の暗記に挑戦したり、鉄道愛好者検定を受けたりしていたことがなつかしい。

　道中ずっと、自分はどうなってしまうんだというとほうもない気持ちにおしつぶされそうだった。このごろ母とは連絡がつきにくく、父の帰りもだんだんおそくなってきている。家には寝るだけに帰り、心を無にして予備校の入試直前対策講座にかよう日々。一秒も気が休まることのないまままきょうは荻原とふたりきりで旅行である――おれはもうこんやは初夜のつもりでいる――完全にキャパシティーを超えている。

　そんなおれだったので、荻原が楽しげに話しかけてきたり、乗りかえ駅のホームで売店に入ったりしても、うわのそらだった。駅弁は未来岡山の桃形容器に入ったちらしずしを食べたはずなんだが、味も具もうろおぼえで――殻つきのでかい車えびがいた気がするものの――おれはそいつをどうやって食べたのか記憶にない。こんなポンコツ状態だったのに乗りかえをまちがえなかったのは奇跡だ。なにか大いなる存在に導かれていたとしか思えない。

　身宝山についたときには日は落ちていて、ふもとからロープウェーの最終便で山頂に登った。空というより宇宙と呼ぶべきはげしく星ぼしの燃える夜だった。

　リュックを背負い、手に望遠鏡をさげ、荻原と山頂ヒュッテに入る。

道中ずっとそうだったといえばそうなんだが、山にきてからおれは勃起がとまらず、彼といっしょに大浴場などとてもいける状態ではなかった。彼には食後の風呂をさきにいってもらってひとり白梅の間でオブスキュラを組み立てた。

おれが風呂からもどったとき、一枚だけ敷いたふとんのうえで荻原が熟睡していた。朝から晩まで列車やバスを乗りついで移動し、体力のない彼にはむりをさせてしまった。この時点で疲れきっていたと思われる。

おれは蛍光灯のしたに立ちつくした。折り目のくっきりのこる、のりのききすぎなシーツ。洗い古しのやわらかな浴衣を着た荻原。おれはいつからなのかわからないくらいずっとどきどきしつづけていて、それがもうつらくてたまらなかった。彼からも「すきだ」というせりふを聞きたい、とか、こんなシチュエーションにもちこんで、とか、さんざん段取りを考えていたけど、じっさいにその状況になってみると、つらすぎて助けてほしい、はやく楽にしてほしいという気持ちしかなかった。

寝ていた荻原がふいに目をひらく。

「ずっとどきどきしてて、とまんねえのがつれえ」と、おれ。

われながら情けないことをいった。でもほんとうに限界だった。

彼はなにもいわずに自分の帯をほどき、おれもそうした。帯が異様に長くて手首に絡まるように感じられた。

セックスとかメイクラブとか、その行為を指すたくさんの言葉を知っていたけど、荻原と自分のしていることがすでにそうした名前のあるものだと思えなかった。つかみどころのない彼をひとときでも腕のなかにとどめておきたくて、彼とひとつになっていることをすこしでもはっきりと感じたくて、そのために手はどこにあり脚はどうあればいいか考えた。それが、おなじようなすがたかたちをしたほかの人間すべてがしていることと変わらないということが、信じられなかった。

ねえ荻原これは、ありふれたことなの。

これがありふれたことならなぜこの世界からひどいことはなくならない？　いつまでもいつまでも人は孤独で背きあって。

自分の体験だけがリアルで、特別で、だから争いはなくならない？　でもこの気持ちを知れば。だれもがこの気持ちを知っているかこれから知る存在だと思えば、愛しさをおぼえないか。きれいごと？

「楯」

名を呼ぶと、おれのしたで荻原はすこし苦しそうに笑った。ほかのところはそうでもないのに、彼は愛しあうとき背中だけびっくりするほどたくさん汗をかく。そんな体質だったと知ることができた。

「楯、楯、楯、楯」

「緑」

たて、みどり、という音が頭のなかをめぐって溶けあう。こんやの満天の星、その輝きは屋根のうえから降りそそぎ、細かな矢となってたえずおれたちの体を貫通しつづけている。

神秘てきなことがらとは無縁で生きてきたので、まるで宇宙線の通過を自覚できているような体感が信じられなかったが、彼のそばにいるとこういうふしぎな、通常の意識では味わえないことが起こるのは異常でもない気がした。そしていまふたりいっしょに射られていると想像することは――とても甘美で、興奮は長く、ながくつづいた。

ここについてからどこまでが前日でどこからが翌日と呼べるのか判別のつかないすごしかたをしていたが、朝か夕かわからない、あるうす暗い時間に、おれは荻原の体のうえで泣き出してとまらなくなった。

とつぜん別人格のように浮上したのは、どうしてもっとはやくきてくれなかったの、と、彼の胸をこぶしで打ってあばれたい幼少期のおれ。ずっとずっとずっとずっと、あんなにあんなに待ってた、冷えきった家で震えながらどれだけの夜を耐えたことか。おれをすきならどうしてこんなに長く待たせた？　いつかの暗闇に道をまちがえ、出会えないほうの未来にきてしまったのではないかとほんとうにこわかった。

その訴えは言葉に出さなかったのに、伝わるものがあったようで、彼はおれを見あげて「やっと会えた、緑」といった。

その言葉が聞きたかった。おれの胸の芯にあって、いつまでもなにをしても冷たく、この世のもっとも寒い場所と共振しつづけていた石が溶解していく。彼のその言葉で溶ける約束だったように。おれは荻原を抱きしめながら、彼のなかで射精した。

愛しあっては眠り、目を覚ますと持参した果物や水でのどをうるおし、また愛しあった。おれのキウイの切りかたが荻原にはめずらしかったようで――両端を落としたただの縦切りなのだが、彼いわく、輪切りしか知らなかった、まな板もないのにすごい、かっこいいと。生きていると思わぬことでほめられるものだ。

組み立てたオブスキュラは、カーテンのかかった窓を見あげた角度のまま立ちつづけている。二泊三日のあいだけっきょくいちども空を見ることはなかった。

「星観なくていいのか」と、荻原はおかしそうに何度もいった。

おまえいじょうに見たいものはないよ、とそのたびにおれは答えたつもりで、たぶん言葉になっていなかった。

そんな旅もさいごの朝になっていた。

「緑、起きてる?」

常夜灯の小さな光のなか、荻原の手が伸びてきて、顔にふれるのをおれは目をとじて感じていた。空気が乾燥している。

「起きてる」

「のどかわかない？」

「からから」

「やっ」

荻原は意を決したように素裸でふとんを出て、おおおおと声をしぼりだしながらショーツをひろってはいた。四畳半は小さな電気ストーブがあるきりで室内でも息が白い。

彼は座卓のポットから白湯《さゆ》を二杯そそぎ、ひとつこちらにさしだしてくる。おれは片ひじついて体を起こして受けとり、しのびこむ冷気に唇を嚙んだ。

彼はショーツ一丁で正座してずずずとすすり、うなる。「うまい！」

「………」

ふと、寝具の内側に自分の裸が長ながと伸びているのが見え、見なれない眺めになぜか両親の顔が頭に浮かんでとまどった。

荻原と山にいくといって家を出てきて、それはうそじゃないものの、こんなことになっているとは彼らには想像もつかないだろう。

「なーうまいなあ緑」荻原はのんきなもの。

おれもひと口飲んで「うまい」とつぶやく。

「複雑な顔して」

「さっきから親の顔がちらついて萎える」

荻原はとがった犬歯を見せて笑って、「親思い出しちゃうの？　そんなおまえに興奮する」

おれは頭をかきむしる。「ひとりで大きくなったと思いてえ、こんなときくらい」

「そういうもんか。俺平気」

「くそ」

母親と仲がいい荻原のほうが、おれよりよっぽど親離れできてるってこと？

おれは眼鏡をひろってかける。「朝風呂って何時からだっけ」

「五時」

「あとでいこう」

「それから飯」荻原は宙を見てつぶやく。「そしたらもうチェックアウト」

「はやいな」

「うん」

白湯を飲んだ彼の、息の白さ。目をとじて身ぶるいするそのあごや首の角度、肩から正座のひざがしらまで伸びたまっすぐな腕。そして彼の背後の壁のカレンダー。なにひとつ忘れたくない。

「そんな寒いところに、いつまでもいないで。近くにきて」

自分の優しい声におどろきながら、おれはいった。荻原は両手に湯のみをもったままふとんにもどってきて、なにかに捧げるようにそっと枕もとにおく。

その横顔をうっとりと見つめていると、わるい笑顔をしてふり向いた荻原に冷えきった体で抱きつかれ、おれは冷てえつめてえと叫んだ。壁が薄くて隣室からコンコンたたかれる。

「すみませーん」と、荻原。

「すんません……」と、おれ。

壁の向こうに謝って、笑いをこらえながら抱きあった。

愛している、愛している、楯、いまこの空気のなかに輝いてやまぬものすべて。

人生のうちの、たった二泊三日。この短い旅行で自分に起こったことをすべて理解するには時間がかかるだろう。一生かけて思い返しおもいかえしして、新たな意味を加えながら生きていくのかもしれない。

このときすでに両親は離婚していたことを、すべての試験を終えたあと、家の近所で待ちあわせをして会った母から知らされた。おれは父の家にのこり、兼古姓を名乗りつづけることが決まり、短いふたり暮らしの日々ののち——三月の終わりの晴れた午後、これから大学生活を送ることになる未来京都へと出発した。

新東京駅まで見送りにきてくれた荻原と未来東海《みらいとうかい》ラインのホームを歩く。

「おまえがきてくれてよかった。だれにも見送られずにいくことになるかと思った」

「緑をひとりでいかせるわけがなかろう」

荻原はおれの頭をぽんぽんとたたいた。

きょうの彼はペパーミントグリーンのシャツに、薄手のカーディガンを羽織っただけ。まだ冷たさののこる風に、「寒くない？」ときくと「もう春気分」と彼は笑い、彼のこの春のつづきにはおれは存在しないのだと思うと、目がしらが熱くなった。そして、オーバーサイズぎみなシャツのせいでいつもよりきゃしゃに見える彼に道中ずっと目をうばわれていた。

指定席の乗り場に立つ。列車がゆっくりとホームに入ってきた。

彼はいう。

「帰省するときは連絡ちょうだい。またうちに遊びにおいで」

「帰省……」

おれは口ごもる。

彼の申し出はうれしすぎるほどだが、両親が別れたいま、おれにとって未来東京は焼け野原のようなもの。なにを見ても家族の思い出に胸をえぐられるこの土地に、またすぐに足を踏み入れたいだなんて気持ちには、とてもなれない。

「栖が未来京都にくるのはどう？　夏休みにでも。いろいろ案内できるようになってお
く」

「俺がいくの？　ふーん。それも楽しそう」

「おいで。おれのマンションに泊まって。何日でも」

「そうしよう」

「夏休みに。いい？」

「いいね」

「いいねって、どこか他人ごとなんだよなおまえは。何月何日かいま決めるぞ。七月？

八月？」

「え？　じゃあ八月……かな……」

「八月のいつ？」

「せんせー兼古くんがこわいです！」

荻原は笑って首をふり、詰めよるおれからのがれようとする。

「三日にしよう。ハチミツだから」

蜂蜜のように甘い再会の日々、そんな願いをこめておれは提案する。

「ハチミツ？　よくわかんないけど、じゃあそれで」

「もうおまえ、いまからカレンダーにつけておいて。すぐやって。いまやって」

「俺ほんと信用ないな」

彼が端末を取りだして、スケジュールにマークするところまでを見守る。

八月三日。荻原とつぎに会えるまで、あと百三十一日。

「よし、きょうからその日をはげみに生きる」とおれがいうと、彼は笑った。

発車のアナウンスが響いて車内に乗りこむ。荻原はおれの席の前まできて、窓にぴたりと手のひらをつけた。おれも思わずガラスごしに手をあわせる。彼の口がゆっくり「みー、どー、りー」というように動いて、にこっと笑う。おれも笑いたかったけどどうしても涙があふれて、自分がどんな顔になっているのやらわからない。

いまのおれは知っているよ——その手を握るとどんな感じか、大きな襟ぐりからのぞく首すじはどんな香りがするか、暗がりでおれをどんなふうに呼ぶか。

彼のすがたが小さくなって見えなくなるのと、ホームに満ちる光にかき消されるのとどちらがさきだったろう。彼を見られる限界まで、おれの目は彼を見ていた。

解説――かけがえのない空洞

寺地はるな

あの人のどこが良かったの？　どこに惹《ひ》かれたの？　どこがいちばん好きなの？　恋愛中の誰かに、そんな質問がぶつけられることがある。いや、そこまではっきり訊《き》かれる機会はないかもしれないが、たとえば「どこがよかったんだろう」と陰でひそひそ噂《うわさ》される場合もある。フィクションの感想などに「主人公がヒロインのどこを好きになったのかわからず云々《うんぬん》」と書く人もいる。わたしたちは他人に自分が納得のいくストーリーを求めてしまいがちなので、こんなことを訊くのは野暮かしらと感じつつも「なぜ」を発してしまう。

でも、「どこが」「どう」と問われてははっきり答えられないこと、それなのに好き、という思いだけが確実に募っていくこと、それこそが恋なのだ。他人の「なぜ」をなぎ倒し、暴力的なまでの勢いですすんでいくもの。本書を読んで、あらためてそんなことを考えた。

二〇五五年の未来東京という地に住む、ふたりの男子高校生の物語だ。

きれいな容姿をしていて、みんなの人気者である荻原楯《おぎはらたて》に、成績優秀だが友人がいない兼古緑《かねこみどり》がふとしたきっかけで恋をして、そしてふたりの距離はすこしずつ縮まっていって、というようにあらすじを説明しようとすればするほど、この小説の魅力が文字と文字のあいだからこぼれ落ちていくようで、もどかしい。

もしこの解説から先に読んでいる人がいるとしたら、すぐに最初の頁《ページ》を開いて本文を読んでほしい。緑の目を通して見る楯の姿を、楯のいる世界のまばゆさを、なんの予備知識もないまっさらな状態で感じてほしい。

本書は、名前が重要な役割を果たしている物語だと思う。

緑と楯。美しい名前だ。そのままタイトルにもなっている。

名前は対象が他のなにものでもないことを示すための、大切なものだ。古い時代「真の名前を知られる」ことは「相手から支配される」ことだ、という考えかたがあったそうだ。ほんとうの名前は親や配偶者以外には教えてはいけなかったという。

わざわざ昔にさかのぼらずとも、現代を生きているわたしたちもなにかに名前をつける際は、とても真剣に考える。名前をつけるという行為は、存在に意味を与える特別な作業だからだ。小説の仮タイトルも、登場人物の仮名も、慎重につけなくてはいけない。まちがった名前をつけたら、その小説がまちがった方向にむかっていくことだってある。それぐらい、名前には影響力がある。

名前をつけることや名前を呼ぶこと、に関する印象的な場面がたくさんあった。たとえば冒頭、水ぼうそうで学校を休んでいる楯を緑が訪ねる場面。彼らは名を呼ぶことで起動する学校用端末なるものを持っていて「端末をもらうと、みんなはしゃいで自分のすきな名前をつける」ものなのに、楯は「工場出荷時のまま」の、十二けたの英数字だ。

このエピソードは楯の、自分をとりまく人々、所有物などへの執着の薄さを感じさせる。アラやだ、こういうタイプに惚《ほ》れるとやばいんちゃうの、翻弄されるんちゃうの、とわたしが心配したとおり、緑はこのあとぐんぐん楯を好きになっていく。妄想も現実の行動も激しさを増していく。楯のセーターに顔をうずめてみたり、自分の嫉妬の強さに驚き、新しい自分を知る。さらに脳内で楯と会話をしてみたりもする。脳内の会話でさえも、楯は緑の思い通りにはならない。

それはでも、緑が楯の人格を尊重しているからだ。他人を尊重することを知っている人は、たとえ自分の頭の中だけの世界でも、人間を玩具《おもちゃ》みたいにいいかげんに扱ったりしない。

緑は頭がよく、しっかりした男の子だ。「他人につけこまれる可能性は努力ですこしでも減らしておきたい」と考え、校則違反なのに中型バイクで通学する。それを、いいのか、と問われて「よくないけど、いい」と答えることができる。すべてにおいて自分の判断基準がある。

しっかりしている緑はでも、孤独なのだ。父親が母親を殴る家で育っている。父親を諫《いさ》め、母親を庇《かば》うという、本来子どもがやるべきではない役をやらされている。「おれは大人をすぐに馬鹿だと思ってしまう」なんて思いながら生きていかねばならないことはさびしいことだ。さびしい緑は栖と「どうしても結ばれたい」と強く願う。「十八年生きてこの人を見つけました。この人がいいんです。この人と生きたいんです」と。

これは不幸な家庭環境によるさびしさを恋で埋めようとしている、という話ではぜんぜんなくて、むしろ緑は栖と出会ったことで新たな孤独を感じている。

恋をするということは、心に空洞ができるということだ。その人にしか埋められない、大きな空洞。そばにいて幸福を感じれば満たされる。相手と出会う前よりいっそう、孤独が堪《こた》える。

栖のほうは両親から大きな愛を受けて育ち、友人も多く、後輩からもキャーキャー言われるなどして一見さびしさとは無縁の男の子に見える。しかし孤独というのは「AおよびB、あるいはCの要件を満たせば発生しない」というような単純なものではない。常に周囲に人がいながら誰ひとり自分の奥に踏みこまない、あるいは踏みこんでほしくないと思っている人は、やはり孤独ではないだろうか。

物語の中で、栖は何度となく緑のさびしさに反応し、行動をおこしている。人間は、興味がない相手のさびしさを感知することができない。うっかり感知してしまったとしても、無視して通り過ぎる。楯は緑の前をけっして通り過ぎない。ぜったいに、立ち止まる。

さらに、正直であること、をたびたび緑に求めもする。

「それに、俺を責めたいなら『あの子がかわいそう』だなんて彼女を巻きこまないで、おまえの心の事実だけいうといいよ」

女子に告白されたという楯の話を聞いた緑が、楯を責める場面だ。「自分の心を直視せよ」と言うからには、楯は自分の心を直視する人で、そういうことができる人は強いし、強いがゆえにやはり孤独だ。

孤独に耐えうることは、むしろ自立して生きていくために必要不可欠な要素だとわたしは思っているのだが、もし「孤独」という言葉が強すぎるなら「ひとり」である、と言いかえてもいい。

たがいに「ひとり」であるふたり。でも渦中にいる緑には、楯の気もちがわからなくて悩みまくる。「ちょっと落ちついて……！」「お茶でも飲んで……！」と声をかけたくなるぐらい、ずっと葛藤している。

わりあい強引なところがあるのに「すきな人の下の名が呼べない」という困難を抱える緑に、栖は自分の名を呼べ、と迫る。わたしはこの場面がとてもとても好きだった。「栖っていってごらん」「いえたらおまえは変わるよ」と栖に促され、何度も名を呼び、緑は「名前を呼べばよぶほど、胸が軽くなっていく」。名を呼ぶことで心が解放されていく。

それから、ふたりの名前のそれぞれの由来もまた、名付けた母親たちの切実な（そして緑のほうは、すこしだけかなしみを呼ぶ）願いが感じられて、とても素晴らしかった。

受験を控えているふたりは、春から離ればなれになることが決まっている。緑は卒業後も栖と一緒にいたいと思いながら、ひとりで力強く生きられる人間になりたい、と願っており、そのうえで栖と今後も関わっていきたい。

仲間がほしい、ひとりでいいから。それがおまえだったらおれはもうほかになにもいらない——その思いにうそはない。

緑は栖に寄りかかりたいのではなく、愛玩の対象としてそばに置きたいのでもなく、あくまでともに生きていくひとりの人間として尊重しているのだということがあらためて、胸が痛いぐらいに伝わってくるこの場面で、わたしは「ああ、緑はもうだいじょうぶなんだな」と安堵《あんど》した。相手を大切にできる人は自分も大切にできる。身体も感情も時間も、けっしていいかげんに扱わない。

恋愛を描いた小説の多くは、もしかしたら、「この恋は成就するのか」ということに注目しながら読まれるものなのかもしれない。でも、わたしにとっては、成就してもしなくても、どちらでもよかった。

だって代替のきかない人と出会えたという、それ自体が僥倖《ぎょうこう》だからだ。このあと彼らがどうなろうともだいじょうぶだ、と信じて読むことができた。(だからこそふたりが結ばれるという結末がまぶしく、かぎりなく尊く感じられるのも事実ではあるけれど。)

そもそも成就とは、いったいどのような状態を示すのか。死がふたりを分かつまで一緒にいることだろうか。ではそれ以外はすべて成就しなかった恋、となり、無意味なものになってしまうのか。

きっとそんなことはない。恋をするということは、心に空洞ができるということだと書いた。だからかりに失恋をした場合は永遠に、そこを空っぽにしたまま生きていかねばならなくなる。でもそれは不幸なことではない。大きく開いた空洞のぶん、心がいびつなかたちに拡張されることは、けっして不幸なんかではない。

心なんていびつなかたちをしているぐらいのほうがいい。生まれてきた時のまま、傷ひとつなくつるんとしているよりも、ずっとずっといい。だっていびつなかたちだと、いろんなものがひっかかりやすくなる。いろんなものをしっかり受けとめられるようになる。傷ひとつない心の上にはなにが落ちてきてもつるんと滑り落ちてしまう。

成就しなくても恋は恋だし、なんなら相手は人間でなくてもいい。心から追い求めるなにか、生きることへの情熱につながるなにか、と置き換えてもかまわない。そういった存在に出会えずに死んでいく人だって、この世にはたくさんいる。

それでもこれから先わたしたちが、傷つくことをおそれて一歩が踏み出せなくなってしまった時には、またこの本を読み返そう。きっとそのたびに新たな力をくれるはずだから。


（てらち・はるな　小説家）

本書は、二〇一八年十二月、集英社より刊行されました。

初出
Kindle版『緑と楯／楯と緑（ほか、全5話合本）』一話（「緑と楯」）
「小説すばる」二〇一七年一月号（「りゅりゅりゅりゅ流星群」）
二〇一七年六月号（「君に触れなば夜の旅」）
二〇一七年九月号〜二〇一八年一月号（「緑と楯」）

本文デザイン／川谷デザイン
本文イラスト／紀伊カンナ

雪舟えまの本

バージンパンケーキ国分寺

女子高生のみほは、幼なじみと親友がつきあいはじめてから、もやもやしてばかり。そんなとき、不思議なパンケーキ屋さんと出会い……。胸を甘く焦がす、特別なひと夏の物語。

集英社文庫

集英社文庫　目録（日本文学）

集英社文庫 目録（日本文学）

わかぎゑふ　秘密の花園
わかぎゑふ　ばかちらし
わかぎゑふ　大阪の神々
わかぎゑふ　花咲くばか娘
わかぎゑふ　大阪弁の秘密
わかぎゑふ　大阪人の掟
わかぎゑふ　大阪人、地球に迷う
わかぎゑふ　正しい大阪人の作り方
若桑みどり　クアトロ・ラガッツィ(上)(下) 天正少年使節と世界帝国
若竹七海　サンタクロースのせいにしよう
若竹七海　スクランブル
和久峻三　夢の浮橋殺人事件 あんみつ検事の捜査ファイル
和久峻三　女検事の涙は乾く あんみつ検事の捜査ファイル
和田秀樹　痛快！心理学入門編 ——なぜ僕らの心は壊れてしまうのか
和田秀樹　痛快！心理学実践編 ——どうしたら私たちはハッピーになれるのか
渡辺淳一　白き狩人

渡辺淳一　麗《うるわ》しき白骨
渡辺淳一　遠き落日(上)(下)
渡辺淳一　わたしの女神たち
渡辺淳一　新釈・からだ事典
渡辺淳一　シネマティク恋愛論
渡辺淳一　夜に忍びこむもの
渡辺淳一　これを食べなきゃ
渡辺淳一　新釈・びょうき事典
渡辺淳一　源氏に愛された女たち
渡辺淳一　マイ センチメンタルジャーニィ
渡辺淳一　ラヴレターの研究
渡辺淳一　夫というもの
渡辺淳一　流氷への旅
渡辺淳一　うたかた
渡辺淳一　くれなゐ
渡辺淳一　野わけ

渡辺淳一　化身(上)(下)
渡辺淳一　ひとひらの雪(上)(下)
渡辺淳一　鈍感力
渡辺淳一　冬の花火
渡辺淳一　無影燈(上)(下)
渡辺淳一　孤舟
渡辺淳一　女優
渡辺淳一　仁術先生
渡辺淳一　花《はな》埋《うず》み
渡辺淳一　男と女、なぜ別れるのか
渡辺淳一　医師たちの独白
渡辺優　ラメルノエリキサ
渡辺優　自由なサメと人間たちの夢
渡辺優　アイドル 地下にうごめく星
渡辺雄介　MONSTERZ
渡辺葉　やっぱり、ニューヨーク暮らし。

集英社文庫

緑《みどり》と楯《たて》 ハイスクール・デイズ

2020年11月25日 第1刷 定価はカバーに表示してあります。

著　者 雪舟《ゆきふね》えま

発行者 徳永　真

発行所 株式会社 集英社

東京都千代田区一ツ橋2-5-10 〒101-8050

電話 【編集部】03-3230-6095

【読者係】03-3230-6080

【販売部】03-3230-6393(書店専用)

印　刷 凸版印刷株式会社

製　本 加藤製本株式会社

フォーマットデザイン アリヤマデザインストア　マークデザイン 居山浩二

ISBN978-4-08-744178-9 C0193